イノセントブルー
記憶の旅人

神永　学

集英社文庫

c o n t e n t s

NT BLUE

イノセントブルー

記憶の旅人

過去は幻影としての刺激を保ちながら、
その生命の光と動きを取り戻して現在となる――。

ボードレール

序章

記憶の欠片

男は、ゆっくりと杯を呷《あお》った。

五臓六腑に酒が染み渡る。ふうっと熱い息を吐き出したところで、部屋の隅で丸くなっていた黒い猫が、はっと顔を上げた。

次いで、物音がした。階下で駆け回るような音だ。

「誰か来たんですかね」

向かいで杯を呷っていた石川《いしかわ》が、首を伸ばして声を上げる。

「藤吉《とうきち》だろう」

男は苦笑いとともに応えた。

藤吉は、そそっかしいというか、どうも落ち着きの無いところがある男だ。鍋でもひっくり返したのだろう。

「だといいんですが……」

石川は険しい顔をして、脇に置いてある刀の柄《つか》に手を触れた。

警戒するのはいいが、目の前でそんなに怯《おび》えていられては、落ち着いて酒を飲むこともできない。

注意しようとしたが、その前に、ドタドタと階段を駆け上がる音が聞こえた。

黒い猫が起き上がり、ふーっと毛を逆立てる。

「騒ぐな！」

男は大喝した。

次の瞬間、すっと襖《ふすま》が開いたかと思うと、刀を抜いた三人の男が部屋に飛び込んできた。

――しまった。

そう思ったときには遅かった。

男は、額を横一文字に斬《き》りつけられた。

「ぬうっ」

咄嗟《とっさ》に身を翻《ひるがえ》し、床の間にある刀に手をかけようとした。だが、それより早く、袈《け》裟《さ》がけに斬りつけられた。

男は、それでも這《は》うようにして刀を摑《つか》んで立ち上がった。

その刹那《せつな》、上段から真っ向に刀が振り下ろされる。

男は、刀を抜こうとしたが間に合わなかった。辛うじて鞘《さや》で受け止めたものの、強烈な一撃は鞘を割り、男の額をかち割った。

男は、仰向《あおむ》けに倒れた。身体が痺《しび》れていて、思うように動けなかった。

――ああ、死ぬのか。

男は、ぼんやりと思った。

なんとあっけない死だろう。自分には、まだまだやるべきことがあるというのに、志半ばで息絶えるのか？

――まだ死にたくない。

男は、畳に爪を立てわずかに顔を上げた。

血の滴《したた》る刀を握った男が立っていた。

――何ということだ。

男は、心の中で呟《つぶや》いた。

覆面の隙間《すきま》から覗《のぞ》く目に、大義はなかった。金か、或いは地位か、とにかく、そういった目先の欲望に囚《とら》われた目をしていた。

己の欲に走った刃《やいば》に命を奪われるとは――口惜《くちお》しい。

男は、力尽きて瞼《まぶた》を閉じた。

――すまん。

男は心の中で詫《わ》びた。

それは、誰に対する謝罪の言葉だったのか――男は、その答えを見つけることができなかった。

第1章

前世から来た男

1

それは、奇妙な夢だった――。

悠人《ゆうと》は、砂浜に佇《たたず》んでいた。

沈みゆく太陽に照らされ、空も海も朱色に染まっている。

近くに、大きな岩が見えた。円筒形をしているのだが、真ん中の部分が抉《えぐ》れて細くなっている。砂時計にも似た奇妙な形をした岩だ。

一人の女が、背中を向けて立っていた。時代劇などで見かけるような古い着物姿で、髪を結っていた。

悠人が声をかけると、女はゆっくりと振り返った。

彼女は、薄い紫色の花を手に持っていた。名も知らぬ花だ。

――美しい。

花もそうだが、何よりもそこに立つ女が美しかった。

瓜実顔《うりざねがお》に、絹のように白い肌。黒目がちの目は、吸い込まれそうなほど澄んでいて、右目の下にある泣き黒子《ぼくろ》が印象的だった。

彼女は、憂いに満ちた目で悠人を見つめる。

――なぜ、そんな目で見る？

心の内で問いかけると同時に、目の前が真っ白になった――。

再び、視界が開けてくる。

悠人は、さっきと同じ浜辺に立っていた。だが、様子が少し違った。

紫の花を持った女が、胸から血を流し、ぐったりとしていた。それを、男が抱き締めていた。

男も、女と同じように着物を着ていた。あの男は、自分自身だ。理屈ではない。感覚として悠人はそう感じた。

彼女は、着物の袖で口を押さえ、苦しそうにむせ返る。着物の袖は、夕陽よりさらに鮮やかな赤い色に染まった。

彼女は、もう助からない。悠人には、それが分かった。

――嫌だ。

心の底から、感情が湧き上がる。彼女を失いたくない――だが、その願いが叶うことは無い。

無力感に打ちひしがれ、心を斬《き》りつけられたような痛みが駆け抜ける。

「ねぇ、お願いがあるの」

彼女が浅い呼吸を繰り返しながら言った。

「なんだい？」

男が、彼女に顔を近づける。

「私……約束を守れそうにありません……」

「縁起でもないことを言うな」

男は強く否定して、彼女に回した腕に力を込めた。

彼女は、首を小さく振ったあとに、柔らかい笑みを浮かべた。血の気が引き、顔は青白かった。微笑《ほほえ》みも、痛みを堪《こら》えながらだったので、引き攣《つ》っていた。

だが、それでも美しかった――。

「いいの。私は分かっているから……」

「絹《きぬ》……」

「お願いがあるの」

「願い？」

「そう。私が死んでも、あなたは生きて」

「嫌だ。私もあとを追う」

男が言うと、彼女は首を振った。

「止《よ》して」

「なぜ、そんなことを言う？」

「あなたには、生きる意味がある」

「絹のいない世界に、生きる意味などあるものか」

「いいえ。意味はあるわ。それに、命は時代を超えて巡るものなの……」

「命が巡る？」

「そう。また、必ず会えるから……だから生きて。そして、生まれ変わったときに、またこの場所で会いましょう」

「ああ、そうだな——そうしよう。また、この場所で会おう」

しばらくの沈黙のあと、男は掠《かす》れた声で言った。

「約束よ」

「約束だ」

「忘れないでね」

「忘れない」

——ありがとう。

そう言うと、彼女は動かなくなった。女の手から、紫の花が落ちる。それが、命の最後の欠片《かけら》だった。

悠人の目から、次から次へと、止めどなく涙が溢《あふ》れ出した。

しばらく、呆然《ぼうぜん》としていた悠人だったが、ふと気付いた。

——これは夢ではない。これはきっと……。

2

「また、同じ夢を見たんだ」

悠人が言うと、向かいの席に座る広《ひろし》は、露骨に嫌な顔をした。

聞き飽きたと言いたげだ。だが、それも仕方ないと思う。

悠人が、繰り返し同じ夢を見るようになったのは、大学三年生の秋だった。最初は、

悠人自身、ただの夢だと切り捨てていた。

だが、それが半年も続くと、ただの偶然では処理できなくなる。

「またその話かよ」

広は、ため息を吐《つ》いたあと、珈琲をすすった。

うんざりする気持ちは分かる。こうやって学食で広に夢の話をしたのは、両手では数

え切れないほどだ。

　だが、それでも伝えたかった。

「これって、夢じゃないと思うんだ」

「はあ？」

　広は呆《あき》れたように声を上げる。だが、ここで話を止めるわけにはいかない。

「おれが見る夢には、何か意味があるんじゃないかって、いろいろと調べてみたんだ」

「もう、いいよ。お前さ、さっちゃんと別れてから、様子がおかしいぜ。バイクで事故起こすし、学校にもあんま顔出さないし……引《ひ》き摺《ず》る気持ちは分かるけどさ……」

　悠人は、一瞬だけドキリとする。

　確かに夢を見るようになったのは、佐知子《さちこ》と別れてからだった。

「違うんだ」

「何が違うんだよ」

「だから、夢じゃなくて、これは記憶なんじゃないかと思うんだ」

「記憶？」

「そう。記憶だ」

「お前、何言ってんの？」

　細められた広の目に、軽蔑《けいべつ》の色が浮かんだ。

「つまり、おれが夢だと思っていたものは、夢じゃなくて、前世《ぜんせ》の記憶だったんだよ」

「何の記憶だって？」

「だから、前世だよ。おれが、今のおれとして生まれる前の人生のことだ。ほら、テレビとかでよくやってるだろ——」

悠人は身を乗り出し、興奮気味に言う。

だが、広の反応は薄かった。意味が理解できていないのだろうか——改めて説明しようとしたところで、広が「アホか」と小声で言った。

「アホって……」

「だってそうだろ。生まれ変わりも、前世もねぇよ。人間は、死んだらそれで終わりなの」

「いや、ある！」

「妙な宗教でも始めたか？」

悠人は「そんなわけないだろ」と強く否定する。

「じゃあ、何でそんなアホみたいなこと言うんだ？」

「信じられないかもしれないけど、事実なんだ」

「前世が？」

「そう」

「じゃあ、証明してみろよ」

吐き捨てるように広が言った。

だが、悠人は臆することはなかった。最初から信じてもらおうなどとは思っていない。それでも、敢《あ》えてこの話をしたのは、根拠となるものを持っているからだ。

「まずは、これを見てくれ」

そう言って、悠人はＡ４の紙をテーブルの上に置いた。

「何だこれ？」

そこには、ある浜辺の風景写真が印刷されている。数日前、旅行好きの人がアップしていたブログ記事に掲載されているのを見つけた。

この写真を見つけたときの興奮は、並大抵のものではなかった。なぜなら――。

「そこに写っている浜辺だったんだ」

「何が？」

「だから、夢に出てくる場所だよ」

「で？」

広が首を傾《かし》げた。

――なぜ、分かってくれないんだ。

うまく伝わらないことに苛立《いらだ》ちを覚えた悠人だったが、ぐっと堪えた。

「つまり、夢に出てきた場所は、実在したんだ」

悠人は、指で示しながら説明する。

「前に行ったことがあって、それを覚えてただけだろ」

「違う。この場所には、今まで一度も行ったことが無い。それなのに、この風景を知っていたんだ。これは、偶然なんかじゃない」

嘘《うそ》ではない。悠人は、今まで、ただの一度もこの浜辺どころか、この街にも行ったことは無かったのだ。

「似たような場所は、いくらでもあるだろ」

「違う。間違いなくこの場所だ。実際に、確かめに行ったんだから、間違いないって」

「お前、わざわざ行ったのか？」

「行った」

「呆れて物が言えないね……」

ここまで説明しても、広の反応は懐疑的だった。

だが、それでも悠人はめげなかった。今日、一番伝えたかったのは、もっと別のことだ。

「これだけじゃないんだ」

「もういいよ」

「いいから聞けよ。ついに、見つけたんだよ」

「何を？」

広は頰杖をついた。

すぐにでも、逃げ出したい——そんな顔をしている。だが、あのことを伝えれば、その反応も変わるはずだ。

「もちろん、夢の中に出てくる女性だ」

「は？」

悠人は、カバンの中から写真のコピーを取り出した。

明治初期に撮影したと思われる写真で、日本家屋の前に、何人かの着物姿の男女が並んで立っている。

夢に出てきた浜辺に行ったあと、近くにある民俗資料館に足を運んだ。そこで、この写真を見つけたのだ。

「何だこれ？」

「ほら、彼女だ」

悠人は、写真の中にいる一人の女性を指差した。

「何が？」

「だから、彼女こそが、おれが前世で愛した女性だったんだよ」

「本当に、いい加減にしろよ」

広が憮然《ぶぜん》として席を立った。

「ちょっと待てって。違うんだ。彼女は、生まれ変わっていたんだ。この時代に。おれは、彼女を見つけたんだよ」

悠人は、さらに説明しようと、一冊の音楽雑誌を取り出し、テーブルの上に置いた。

だが、広は背中を向けてしまった。

「もういいわ」

「え?」

「これ以上、付き合いきれねぇ」

「広?」

「もう、おれに声かけるの止《や》めてくれ。こっちまで、頭おかしいと思われるわ」

「違うんだ。最後まで聞いてくれ。おれは……」

「だから、止めろって!」

振り返り、怒声を上げた広は、これまで見たことの無いような、怖い顔をしていた。

その迫力に、悠人は何も言えなくなってしまった。

「いい加減、現実を見ろ。前世なんてねぇんだよ。そんなだから、さっちゃんにフラれるんだよ」

「いや、おれは……」

「気付いてねぇのかよ。さっちゃん、今、おれと付き合ってんだ」

「え？」

「罪悪感っつうか、悪いなって思ったから、お前のアホみたいな話に付き合ってやってたけど、もううんざりだよ」

軽く舌打ちをしたあと、広はゆっくりと歩いて行ってしまった。

悠人は、それを黙って見送ることしかできなかった。

友人は信じてくれなかった。だが、それで諦《あきら》めるつもりはない。世界中の全ての人が否定したとしても、きっと彼女だけは信じてくれるに違いない。

二人は結ばれる運命なのだから——。

3

森川誠一郎《もりかわせいいちろう》は、シンクで洗い物をしながら、ふと窓の外に目を向けた。

庭にある梅の木が見えた。

その向こうには、穏やかな海が広がっていた。青い水面を見ているだけで、心が安らぐ。

森川が、ペンションを開いたのは、二年前のことだ。

ペンションを経営する夢を抱いたことは無い。

ある事件がきっかけで、全てに嫌気がさし、半ば放浪に近い旅をしているときに立ち寄ったのが、この海辺だった。

――懐かしい。

初めて来た場所なのに、なぜか森川はそう感じた。

人生の再出発を図るにはもってこいの場所だと思った。アパートでも探そうと、不動産業者に立ち寄ったとき、売りに出されているこのペンションの存在を知った。

実際に見に行って、一目で気に入った。

海に似合う、真っ白な壁に、焦げ茶色の柱がアクセントになっている。

今、森川がいる一階には、カウンター式のキッチンがあり、その奥が厨房と従業員控え室になっている。

手前は、二十人が収容できるラウンジだ。ピアノや暖炉まであり、両方とも普段使用していないが、インテリアとして存在感を放っている。

二階が客室で、八畳ほどの広さの部屋が八つ備わっていて、全ての部屋の窓から海が見える造りになっている。

居抜きで、しかもかなり安値で売り出されていた。

仕事を探す手間も省けるという安易な気持ちで物件を購入し、経営を始めた。

最初は、苦労の方が多かった。居抜きとはいえ、かなり古い建物だったので、リフォームが必要だったし、客商売の経験が無い森川にとって、ペンションの経営は失敗の連続だった。

落ち着き始めたのは、最近になってからだ。

「ただいま」

苦笑いを浮かべていたところに、平井陽子《ひらいようこ》が段ボール箱を抱えて、裏口から入ってきた。

「おかえり」

森川が言うと、陽子は盛大にため息を吐いた。

「もう、最悪ですよ」

「何かあった？」

「スーパーの店長が、代わったじゃないですか」

「うん」

「調理酒を買おうとしたら、未成年には売れないって……」

森川は、思わず笑ってしまった。

陽子は二十一歳だが、丸顔でかなりの童顔だ。身長も低く、実年齢よりかなり若く見られる。

「仕方ないよ」

「だって、二回目ですよ。客の顔くらい覚えろって感じです」

陽子は段ボールをカウンターに置きながら、不満をぶちまけた。

「それ、仕舞ったら今日は上がっていいよ」

森川は、陽子を宥《なだ》めるように言う。

「はーい」

陽子は、間延びした返事をしたあと、買ってきた食材や調味料を手際よく所定の場所に収めていく。

陽子は、開業からずっとこのペンションで働いている。

森川がアルバイト募集の張り紙を持って外に出ると、陽子の方から「バイト募集してませんか？」と声をかけてきた。

今どきの若い女の子が、ペンションでの仕事など勤まるだろうか――最初は危惧《きぐ》していた森川だったが、取り越し苦労だった。

愚痴が多いのが玉に瑕《きず》だが、人懐こく、明るい性格の陽子は、客にも評判が良かった。

接客があまり得意でない森川が、こうしてペンションを経営できているのは、陽子の存在が大きい。

「珈琲淹《い》れるけど、いる？」

陽子が、片付けを終えるタイミングを見計らって声をかけた。

「インスタントですか？」

「いや、サイフォンで淹れようと思ってる」

森川は、棚から珈琲豆を取り出す。INATIA'Sという海外の珈琲メーカーに、オリジナルのブレンドを依頼し、取り寄せたものだ。

「ええ？　インスタントにしません？」

陽子は、口を尖《とが》らせながらカウンターのスツールに腰掛けた。

「何で？」

「だって、その方が早いし、安いし、美味《おい》しいし」

「ぼくの珈琲が不味《まず》いみたいだね」

陽子が「しまった」という顔をして口を押さえた。

森川は、苦笑いを浮かべながらも、ミルで挽《ひ》いた珈琲粉を入れ、サイフォンを火にかける。

「何で、そんなまどろっこしい淹れ方するんですか？」

陽子が頬杖をつき、不思議そうにサイフォンを眺めながら言う。

「変なことを訊《き》くんだね」

「だって……インスタントなら、私も淹れられるし、その方が効率いいじゃないですか」

「考えておくよ」

森川は笑顔で答えたものの、今のやり方を変える気は無かった。

陽子の言うように、インスタントの方が効率がいいのは分かっている。だが、わざわざ手間暇かけてサイフォンで珈琲を淹れるのは、茶道で言うところの、もてなしの心だと思っている。

「前から気になってたんですけど……」

陽子が、探るような目を森川に向ける。

「何？」

「森川さんって、ここに来る前は、何をやってたんですか？」

いきなりの質問に、森川は肝を冷やした。

脳裏に、思い返したくない記憶が蘇《よみがえ》る。

――人殺し。

あの女性は、憎しみのこもった視線を森川に向けながら言った。あのときの冷たい目は、今も忘れることができない。

理由はどうあれ、あの女性からしてみれば、それが真実なのだ。

「どうしたんですか？」

陽子が、森川の顔を覗《のぞ》き込む。

無意識に、顔に出てしまっていたようだ。森川は、無理をして笑みを浮かべた。

「いや、何で急にそんなことが気になったの？」

「訊かれたんです」

「誰に？」

「買い出しの帰りに、知らない女の人です。ペンションのオーナーって、どんな人かって……」

「へえ……何て答えたの？」

わざわざ、そんなことを訊《たず》ね歩く人も珍しい。

「話を逸《そ》らさないで下さい。何をしてたんですか？」

「いろいろだよ」

森川は、曖昧《あいまい》に答えながらも、心の中では別のことを呟いていた。

——ぼくは人を殺したんだ。

その事実を知ったら、陽子はどんな顔をするだろう。

「いろいろって何です？」

「陽子ちゃんは、何でこのペンションで働こうって思ったの？」

森川が逆に訊ねると、陽子の表情が硬くなった。

「卑怯《ひきょう》です」

「そうかな？」

「そうです。質問を質問で返すのは、卑怯です」

「そうかもね」

森川はサイフォンの火を止め、竹ベラでかき回す。あとは待っていれば、フィルターでこされた珈琲が、フラスコに落ちてくる。

「犬」

手を止めたところで、陽子が窓の外に目を向けた。

「え？」

「聞こえませんか。犬の声」

耳を澄ましてみると、確かに犬の鳴き声がした。そして、それは段々と近づいてくる。

——何だろう？

森川は、キッチンを離れて窓を開けた。

「おお」

思わずぎょっとなった。

犬が窓から顔を出したからだ。黒いラブラドールレトリバーだ。毛並みがいいし、赤い首輪を付けている。

散歩中の犬が、飼い主とはぐれたのかもしれない。

「ワン！」

犬が、森川に向かって吠《ほ》える。

「どうしたんだ？」

「ワン！　ワン！　ワン！」

呼びかける森川に応えるように、犬はぴょんぴょんと跳ねながら、立て続けに吠えた。

――ついてこい。

そう言われているような気がした。

「かわいい」

陽子も窓際に近づいてきていた。

「ちょっと、見てくる」

そう言い残して、森川は裏口から外に出た。

犬は、そんな森川を見透かしたように、裏口の前で待っていた。

「何かあったのか？」

森川が声をかけると、犬は「来い」という風に首を振ってから、走り出した。

犬は森川がついてきていないことに気付いたのか、途中で足を止め、「ワン、ワン」

と続けて吠える。

「やっぱり、呼んでるのかな」

森川が走り出すと、犬は先導するように駆け出した。

海から吹きつける風が冷たかった。

シーズンオフの浜辺に人の姿は無かった。

「どこに行くんだ？」

森川が呼びかけると、犬は砂を蹴《け》って、よりいっそう速度を速める。

――参ったな。

内心で呟きながらも、森川は犬のあとを追って走った。

犬は、砂浜にある大きな岩の前で足を止めた。一〇メートルほどの高さがあり、こんもりとした山のように見える。

円筒形をしているが、真ん中が抉れて細くなっていて、砂時計によく似ている。

犬は「早く来い」と言わんばかりに、盛んに吠えている。

「そこに何かあるのか？」

言ったところで、森川は思わず足を止めた。

最初は流木か何かだと思った。だが違う。岩のすぐ脇に、人が倒れていた。

「大変だ」

森川は、すぐに倒れている人に駆け寄った。

黒いスーツを着た男だった。全身ずぶ濡れで、海から這い出てきたような状態だ。溺《おぼ》れたのかもしれない。

「大丈夫ですか？」

森川は、声をかけながら男の身体を仰向《あおむ》けにした。

思わず息を呑んだ。それほどまでに、綺麗な顔立ちをした男だった。

「しっかりして下さい」

溺れたのであれば、水を吐かせる必要がある。呼吸が止まっているなら、人工呼吸も必要だ。

森川が、顔を近づけたところで、男が目を開けた。

その瞳は少し青みがかっていた。まるで、海のように深みのある青だった――。

「やあ」

男は目を細め、笑顔を浮かべた。

「へ？」

切迫していた分、男の場違いな反応に、森川は戸惑ってしまう。

男はゆっくりと立ち上がり、寝起きみたいに大きく伸びをした。

犬が森川を突き飛ばすように男に駆け寄り、クーンと甘えた声を出す。

「お前も、来たのか」

男は笑顔のまま犬の頭を撫《な》でる。

森川は、ただただ呆然とその光景を眺めていた。が、不意に我に返る。

「あの……大丈夫なんですか？」

恐る恐る訊ねると、男は小鳥のように首を傾げる。

「何がです？」

「何がって……溺れたんじゃないんですか？」

「うーん。溺れたといえば、溺れたのかな……ここまで流されてきたわけですから」

「流された？」

森川は、首を捻《ひね》った。

「ええ。運命に流されて、気がついたら、この浜辺だったんです」

「はぁ……」

何を言っているのか、さっぱり分からない。

得体の知れない男のはずなのに、なぜか警戒心は抱かなかった。懐かしさにも似た感情が、森川の心に芽生えていた。

「あの……不躾《ぶしつけ》で申し訳ないんですが……」

男が覗き込むように森川に目を向ける。

「はい」

「少し暖を取らせてもらえませんか？　何だか寒くて……」

男は言い終わるのと同時に、盛大にくしゃみをした。

春先の浜辺に、びしょ濡れのスーツを着て立っているのだから、寒くて当たり前だ。

同時に、何だかおかしくなり、森川は笑ってしまった。

それに釣られたように、男も声を上げて笑った――。

4

病院内の自室に入った汐見《しおみ》純也《じゅんや》は、西日に目を細めた。

ブラインドを降ろし、窓に背を向けた形で置かれているデスクに腰を落ち着かせ、ため息を吐きながら、目頭を指で揉《も》んだ。

不意に瞼《まぶた》の向こうに、一人の男の顔が浮かんだ。

汐見の知っている男だ。哀しみと軽蔑の入り混じった、複雑な顔をしている。

――私が間違っていると言いたいのか？

心の内で呟《つぶや》いたところで、ドアをノックする音が聞こえた。

「どうぞ」

顔を上げて声をかけると「失礼します」という声とともに、一人の女が部屋に入ってきた。

「君か……」

汐見は、作り笑いで女を迎えた。

年齢は三十代後半。ナチュラルメイクに、紺色のパンツスーツという地味な出で立ちで、一見すると保険の外交員のようだ。

だが、女は調査会社、いわゆる探偵を生業《なりわい》としている。

「突然すみません」

女が、丁寧にお辞儀をする。

「いや、いいんだ」

「本当は、電話でお伝えしようかと思ったんですが、それでは失礼になると、こうしてお伺いしました」

女は笑みを浮かべた。

だが、それは表面上のものだ。目の奥には陰湿な光を宿している。

「事前に、アポを取って欲しかったですね」

「今はお忙しいですか？　出直すこともできますが……」

女が、上目遣いに汐見を見た。

一瞬、返答に詰まる。女が、わざわざ足を運んだということは、例の件についての報告だろう。

「いや、大丈夫だ。座ってくれ」

汐見が、デスクの前にある応接用のソファーに座るよう促すと、女は小さく頷《うなず》いてから腰を下ろした。

それを見届けてから、汐見もデスクから応接用のソファーに移動した。

「それで本日のご用件は？」

汐見は、分かっていながら敢えて訊ねた。

「例の件で、進捗《しんちょく》がありましたので、ご報告に上がりました」

──やはりそうか。

「どうでした？」

「結論から言いますと、見つけることができました」

女は、バッグの中から封筒を取り出した。〈報告書〉という判が押してある。

──早く知りたい。

封筒に手を伸ばした汐見だったが、女はそれを引っ込めてしまった。

「なっ……」

想定外の行動に、汐見は眉を顰《ひそ》めた。

　女は、いかにも楽しそうに笑っている。

「これをお渡しする前に、お訊きしたいことがあります」

　女は、封筒を一度バッグの中に仕舞った。

「訊きたいこと？」

「汐見先生は、なぜ、それほどまでに、彼に執着するのか――それが気になったんです」

「そちらには、関係の無い話だ」

　汐見はぶっきらぼうに答えた。

「そうです。関係の無い話です。でも、責任はあります」

「責任？」

「はい。汐見先生が、彼を捜す目的が何なのか……それを知らずに、居場所を教えるわけにはいかないんです」

「今さら何を……」

「プライバシーにかかわる部分ですから」

「そう言うなら、最初から依頼を受けなければ良かっただろう」

「汐見先生は、依頼の段階で幾つか嘘をついていました。調査の段階で、それが明らかになったので、こういうお話をしているんです」

「嘘？」

汐見は、惚《とぼ》けてみせた。

「はい。汐見先生は、個人的にお世話になった彼に、お礼を言いたいので、捜して欲しい——そう仰《おつしや》っていましたよね」

「そうだ……」

「ところが、汐見先生は、彼に世話になるどころか、対立していらっしゃったようですね」

「対立ねぇ……」

返事をしながら、汐見は苦い顔をした。

調査の理由を問われ、適当に思いついたことを並べただけだった。こんなことなら、もっと吟味して話すべきだった。

「彼を捜している、本当の理由を教えて下さい。そうでなければ、居場所を教えるわけにはいきません」

女が真剣な眼差《まなざ》しで詰め寄ってくる。

汐見は、下唇をきつく噛《か》み、膝の上で拳《こぶし》を固く握った。

「喋《しやべ》りたくない——と言ったら、どうするつもりだ？」

「報告書を持って、そのまま帰らせて頂きます」

女はバッグをポンポンと叩《たた》いた。

——面倒な女だ。

汐見は内心で舌打ちをした。

この女は、プライバシーがどうこう言っているが、綺麗事に過ぎない。

「幾らだ？」

「どういうことですか？」

「だから、幾らならその報告書を渡す？」

汐見の言葉に、女は軽蔑にも似た視線を向けた。

だが、そんなものは強がりに過ぎない。誰だって金は欲しいはずだ。その結果、自らの理念を曲げることになったとしても——。

5

「これってどういう状況ですか？」

森川が、ずぶ濡れの男と黒いラブラドールレトリバーを連れてペンションに戻ると、陽子が驚きの声を上げた。

説明を求められると、困ってしまう。森川自身、よく分かっていないのだ。

隣を見ると、さっき浜辺で倒れていた男が、びしょ濡れのまま緊張感の無い笑みを浮かべていた。

「事情はあとで説明するよ。とにかく、このままじゃ風邪をひく」

森川は、男を浴室に案内する。

黒い犬も、ピッタリと男のあとをついてきた。一時たりとも、男と離れたくないといった様子だ。

浴室に入ったところで、男が盛大にくしゃみをする。

「タオルはこれを使って下さい。着替えはこれ」

森川は、棚からタオルと宿泊者用の寝間着を取り、男に手渡した。

「ありがとうございます」

「それと、洗濯するので、脱いだ服はその籠に入れて下さい」

森川が説明している間に、男はびしょ濡れのスーツを脱ぎ出した。

華奢《きやしや》だと思ったが、意外と引き締まった身体をしていた。左の肩甲骨から、斜めに三〇センチほどの長さの痣《あざ》があった。

真っ直ぐに伸びたその痣は、まるで刀傷のように見える。

「どうしました？」

森川の視線に気付いたのか、男が訊ねてきた。

「え？　いや、何でもないです。これは預かりますね」

誤魔化すように、男の脱いだスーツの入った籠を持って浴室を出た。

籠を抱えたままラウンジに戻ると、陽子が駆け寄ってきた。

「もしかして、あの人って、自殺志願者とかですか？」

陽子は、半ば興奮した調子で訊ねてきた。

「自殺志願者？　何で？」

「だって、この先にある岬では、結構あるらしいじゃないですか」

「そうなんだ。でも、違うと思う」

森川は笑顔で否定した。

感覚的なものでしかないが、あの男が死を望んでいるとは思えなかった。

「そっか。じゃあ、溺れたんですかね」

「それだと、スーツで泳いだことになるね」

「そっか……」

陽子は腕組みをして、首を捻る。

「着替えたら、いろいろ訊いてみるよ。それより、これ頼んでいいかな」

森川は陽子に籠を差し出した。

それだけで理解したらしく、陽子は「はーい」と返事をすると、籠を受け取り、地下の洗濯室に向かって行った。

「確かに、おかしいよな」

キッチンに立った森川は、呟くように言った。

あの男は、春の海辺にスーツ姿で倒れていたのだ。しかも、ずぶ濡れで。

——もしかしたら、厄介な客人かもしれない。

自嘲気味に笑った森川は、サイフォンが置きっぱなしになっているのに気付いた。

珈琲はすでに冷めてしまっている。

「淹れ直すか……」

森川は冷め切ったサイフォンの珈琲を流しに捨て、綺麗に洗ってから、もう一度、珈琲を淹れる作業を始めた。

こうやって、珈琲を淹れているときは、不思議と心が落ち着く。

「いい香りですね」

声をかけられ、森川が目を向けると、風呂から上がったらしく、さっきの男が頭からタオルを被《かぶ》って立っていた。

宿泊者用のベージュの寝間着姿だ。長身の男には、サイズが小さかったらしく、脛《すね》が出てしまっている。

アンバランスではあるが、スーツが乾くまでの間、我慢してもらおう。

「温かい飲み物を用意するので、座って待っていて下さい」

森川が言うと「すみません」と恐縮しながらも、カウンターのスツールに腰掛けた。

黒い犬は、男の足許に座った。

「まだ、お名前を伺っていませんでしたね」

森川は、竹ベラで珈琲をかき混ぜながら訊ねた。

「名前？」

「ええ」

「こいつは、ミラノといいます」

男は、嬉しそうに目を細めて、黒い犬の頭を撫でた。

本当に通じなかったのか、或いは、分かっていてはぐらかしているのか、森川には判断がつかなかった。

「ミラノですか」

森川が口にすると、ミラノは嬉しそうに「ワン」と吠えた。

「こいつとは、腐れ縁でして」

「腐れ縁？」

犬に対して使う言葉ではないような気がする。

「ええ。相棒のようなものです」

「そうですか」

森川が相槌《あいづち》を打ったところで、珈琲が出来上がった。

フラスコからカップに珈琲を注ぎ「どうぞ」と男に差し出した。

「ありがとうございます」

男は、大事そうに両手でカップを包み、一口飲んだ。

その途端、表情を歪《ゆが》めて何とも言えない顔をする。

「これは、何の漢方薬ですか?」

男が堪《たま》らずといった感じで舌を出した。

漢方薬とは、酷《ひど》い言われようだ。

「珈琲です」

森川が答えると、男は「これが?」と驚いた様子で、カップを覗き込む。

「珈琲、不味いでしょ」

そう言いながら、洗濯籠を持った陽子がラウンジに入ってきた。

「確かに、苦味が強過ぎますね。でも、漢方薬だと思えば、飲めないことはないです。

それに、何だか懐かしい味です……」

男が笑顔でもう一口飲んだ。

「確かに、漢方薬っぽいかも」

陽子が賛同の声を上げて笑う。

「でも、何でこんなに苦くなってしまうんですかね？」

「豆は悪くないので、淹れ方に問題があるんだと思います」

笑顔で答える陽子に悪気は無いのだろうが、そこまで言われると、結構傷つく。

──そんなに不味いのか？

森川は、自分でも珈琲を飲んでみた。苦味は強いが、漢方薬と揶揄《やゆ》されるほどの不味さではない。

「洗濯は終わった？」

森川は、首を傾げつつも、いつまでも笑っている陽子に声をかけた。

「はい。あとは乾かすだけです。暖炉の前の方が、早いかなって思って」

「それが終わったら、今日は上がっていいよ」

「はーい」

陽子は、電気式暖炉のスイッチを入れたあと、洗濯紐を張り、てきぱきと干していく。

「それで、あなたのお名前は？」

一息吐いたところで、森川は改めて男に名前を訊ねた。

「私の名前……ですか？」

やけに歯切れが悪い。表情に、影が差したようにも見える。

「言いたくないんですか?」

「そうですね……才谷《さいたに》といいます。才谷梅太郎《うめたろう》」

「何か、歌舞伎役者みたい」

陽子が声を上げて笑った。

「そんな風に言うもんじゃない」

森川が窘《たしな》めると、陽子は「すみません」と素直に詫《わ》びた。

「いいんです。古い名前ですので」

才谷は、照れ臭そうに頭をかいた。

確かに現代風の名前ではない。だが、森川はその名に聞き覚えがあるような気がした。

だが、どこで聞いたのかは思い出せない。

「じゃあ、お先に失礼します」

話が一区切りついたところで、洗濯物を干し終えた陽子が帰って行った。

「素直でいい娘《こ》ですね」

才谷が、陽子を見送りながらしみじみと言う。

「そうですね」

森川も同感だった。

発言に多少の問題はあるが、彼女は安い時給にもかかわらず、真面目《まじめ》に働いてくれている。

「彼女とあなたは、何か縁があるんですね」

「縁？」

「ええ。前世から続く縁です」

「はあ……」

森川は、曖昧に返事をした。

才谷の発言は、どうも現実離れしているように思える。

「きっと、彼女は……」

才谷が言いかけたところで、グルグルッと腹の鳴る音がした。

「もしかして、お腹空いてます？」

森川が訊ねると、才谷は顔を赤くして苦笑いを浮かべた。

「お恥ずかしい話ですが、お金が無くて、ここ数日間何も食べていなかったんです――」

益々時代錯誤な男だ。森川は、小さく笑みを浮かべた。

6

誰かに呼び止められる声を聞き、有田浩介《ありたこうすけ》は動きを止めた。

コンビニの裏手にあるゴミ置き場の前だった。空腹に耐えきれず、恥を忍んで期限切れで廃棄された商品を漁《あさ》っていたところだった。

——見られたのか？

有田は逃げるように顔を背けた。心臓が高鳴り、額からどっと汗が噴き出し、頭の中が真っ白になる。

足音が近づいてきた。

「やっぱり有田社長じゃないですか」

そう言って、一人の男が有田の顔を覗き込んできた。

有田は、小さく呻《うめ》きながら男から離れる。だが、離れた分だけ、男が近づいてきた。

「ぼくですよ。大竹《おおたけ》です。覚えてませんか？」

男が馴れ馴《なな》れしい笑みを浮かべながら言う。名前を聞き、有田も思い出した。男の名は大竹賢二《けんじ》。以前、有田が経営していた会社で、営業社員として働いていた男だ。

「ああ、大竹君か……」

有田は、無理に笑顔を作りながら、手に持っていた物をポケットに押し込んだ。

「本当にご無沙汰です」

大竹は、有田に握手を求めてくる。

「ああ。確か、五年ぶりくらいかな……」

有田は、大竹の握手に応えながら、改めて彼の顔に目を向ける。

五年前は、意思の弱いひよっ子だと思っていた。だが、今の彼には、弱さの影もなく、自信を漲《みなぎ》らせていた。

仕立てのいいスーツを着て、腕に光る時計も、相当な高級品だった。

それに引き替え、有田の恰好《かっこう》は、汗染みで黄ばんだシャツに、よれよれのグレイのスーツだ。

自分の身なりが恥ずかしくなり、逃げ出したくなった。

「いや、本当に懐かしいです」

「そうだな……」

「まさか、こんなところで有田社長にお会いできるとは……ぼくは、ずっとお礼を言おうって思ってたんです」

「お礼？」

嬉しそうに言う大竹だが、有田には、その真意が分からなかった。

礼を言われるようなことなど、何も無いはずだ。

「ええ。覚えていますか。ぼくが、会社を辞めたいと言った日のことです」

「ああ。覚えているよ」

有田は、記憶を辿《たど》りながら頷いた。

確かあのとき、大竹は自分で会社を興すと言って退職した。

「有田社長は、ぼくを叱《しか》ってくれました」

「そうだったか……」

惚けてはみせたが、実際は、はっきりと思い出していた。あれは叱るなんて生易しいものではなかった。罵倒と言っていい。

口火を切ったのは、大竹の方だった。

——この会社にいても、これ以上の成功は見込めない。ぼくは、ぼくのやり方で会社を創っていきたい。

あれは、大竹の決意表明のようなものだったのかもしれない。だが、有田はそれを批判と受け取った。

この会社に未来は無い——そう言われているような気がした。

かっとなった有田は、大竹に思いつく限りの罵詈雑言《ばりぞうごん》を浴びせた。

「有田社長の言葉があったから、ぼくは頑張ることができたんです」

そう言って大竹は、胸を張った。

「そうか」

「今だから分かるんです。あのときの有田社長の言葉は、ぼくに対する叱咤《しった》激励だったって――」

――違う。

そんないいものではない。有田は、単純に腹が立ったのだ。大竹の起業など成功するはずがないと思っていたし、失敗すればいいと願ってさえいた。

まさか、こんな風に再会することになるとは、思ってもみなかった。

「頑張っているようだな」

有田は、大竹の肩を叩き、精一杯強がってみせた。

あのときは、ただ感情的に批判しただけなのに、大竹は、それをいいように解釈したようだ。

ほっとすると同時に、虚《むな》しくなってきた。

「ええ。おかげさまで、会社も軌道に乗りました。あ、名刺をお渡ししますね」

大竹が、有田に名刺を差し出す。

「ありがとう」

名刺を受け取った有田は、鈍器で殴られたような衝撃を覚えた。

株式会社ビッグ・バンブー　代表取締役　大竹賢二

本当に起業し、社長の座に納まったらしい。しかも、その社名には見覚えがあった。数週間前に、有田は求人広告を見て、この会社に履歴書を送っていた。面接まで辿《たど》り着《つ》くことなく、書類選考で不採用にされた。

——なぜ、こうなった？

五年前までは、有田は小さいながらも会社の社長で、大竹はその部下だった。

それが、今ではどうだ。有田の会社は倒産した。一方の大竹は、社長の椅子《いす》に座っている。

自らの存在を否定されているような気がした。

「有田社長は、いかがですか？」

大竹の質問に、強い怒りを覚えた。「社長」という呼称を使うことで、敢えてバカにしているように思えた。

「ああ……まあ、それなりにやってるよ」

「そうですか。今度また、有田社長と仕事がしたいです」

「そうだな。また今度……」

有田は、逃げるようにその場を立ち去ろうとした。

だが、その拍子にポケットから、おにぎりが転がり落ちた。さっき、コンビニのゴミ箱から漁ったものだ。

「落としましたよ」

大竹が、おにぎりを拾い、有田に差し出した。

偶然、コンビニの裏で顔を合わせただけだ。ゴミ箱から漁ったものだと知るはずもない。黙って受け取れば終わりだ——そう思おうとしたがダメだった。

「知らん。おれのじゃない」

「いや、でも……」

「うるさい！」

有田は叫ぶと同時に、大竹の手を払い、全速力で走り出した。

哀しくて、惨めで、情けなくて、様々な思いがごちゃ混ぜになった。感情のコントロールが利かず、有田は走りながら泣いていた。

7

才谷は、森川の作ったオムライスを、貪《むさぼ》るように食べていた。

その足許では、才谷が連れてきた黒い犬、ミラノが皿に盛ったチキンライスをがっついていた。これも、森川が出したものだ。

この様子からして、数日間、何も食べていなかったというのは本当のようだ。

窓の外に目を向けると、外はすっかり暗くなっていた。青みを帯びた月が、ぽかんと浮かんでいる。

「いやぁ美味《うま》い！」

オムライスを平らげた才谷は、力を込めて言った。

「そう言ってもらえると、作った甲斐《かい》があります」

「本当に美味しかったです。あの珈琲を淹れたのと、同じ人が作ったとは思えません」

——ひと言余計だ。

思いはしたが、才谷の言葉に邪気はなく、不思議と腹は立たなかった。

「才谷さんは、なぜここに？　旅行か何かですか？」

森川は、気になっていた質問をした。

陽子が言うように、自殺ということではなさそうだが、引っかかるのは確かだ。

「うーん。ひと言で言うなら、流されたというところでしょうか」

才谷は視線を泳がせたあと、満面の笑みを浮かべて、人差し指を立てた。

「海に——ですか？」

「いいえ。運命にです」

才谷は、ニッコリ笑ってみせた。

浜辺で会ったときも、同じようなことを言っていた。冗談という雰囲気でもないので、どう反応すべきか迷ってしまう。

「それは、何かの喩《たと》えですか？」

「違います。文字通り、運命に流されて、この地にやってきたんです」

「はぁ……」

森川は首を捻った。

「導かれた――と言った方が分かり易いですかね」

余計に分からない。

「どういうことです？」

改めて森川が訊ねると、才谷は「うーん」と唸《うな》りながら腕組みをした。

しばらくの沈黙のあと、ミラノが「ワン」と吠えた。それを受けた才谷が「そうだね」と納得したように声を上げる。

まるで、会話をしているようだ。

「実は私は人を捜しているんです」

才谷から、ようやくまともな答えが返ってきた。

「人捜しですか？」

「ええ」

「親とか兄弟とか……」

「いいえ。もっと、もっと、深いところでつながりのある人物です」

「親兄弟より深いつながり……」

まるで禅問答をしているかのようだ。

「ええ。私は、その人物に会うために、旅をしているんです」

そう言ったあと、才谷は表情を硬くした。今までとギャップのあるその表情に、森川は思わず息を呑んだ。

詳しい事情は分からないが、才谷は何か、重く暗いものを背負っているように見えた。

「どんなつながりがあった人なんですか？」

森川が訊ねると、才谷は再び表情を緩める。

「実は、私はある人に殺されたんです」

「はい？」

森川は、耳を疑った。

「ですから、私は殺されたんです――」

才谷が繰り返す。

「冗談は止めて下さい。生きているじゃありませんか」

もし、本当に才谷が殺されたのだとしたら、今、目の前にいる男は幽霊ということになる。

だが、腹を減らし、オムライスを貪る幽霊など見たことも聞いたこともない。

頭では納得しているのに、心の奥でざわざわと何かが揺れる。

「冗談ではありません」

才谷の青みがかった瞳が、真っ直ぐに森川を見る。

「でも、目の前にあなたはいます」

「それはそうです。私が殺されたのは、前世でのことですから」

「前世――」

森川は眉を顰めた。才谷の突飛な言葉に翻弄《ほんろう》されている。

「ええ。ご存じないですか。前世とは、生まれ変わる前の人生のことです」

以前に、そういったテレビ番組を見たことがあった。

人は死によってその肉体は滅びるが、魂は浄化されてから、別の肉体に宿り、新たな人生を歩むといったものだったように記憶している。

古今東西、前世の記憶を持っていると主張する人は、数多《あまた》いるらしい。

番組の中で、退行催眠という方法で記憶を遡《さかのぼ》ることで、その人が生まれるよりはるか昔の出来事を語り出したり、知るはずのない異国の言語を喋ったり——といったケースも紹介されていた。

興味深い事象ではあるが、そこに科学的な根拠は無い。

「バカバカしい。本当のことを、教えて下さい」

森川はおどけた調子で言った。冗談にしたかったのだが、才谷の真っ直ぐな視線は、それを許さなかった。

「いいえ。前世はあるんです」

「ありませんよ」

「なぜ、無いと言い切れるんですか？」

「なぜって……」

「日本に馴染《なじ》みの深い仏教でも、輪廻転生《りんねてんしょう》……つまり、生まれ変わりの考え方があるじゃないですか。人は、何度も生まれ変わり、極楽浄土に行くための修行を積むのだと……」

「いや、しかし……」

「亡命中のチベット仏教の最高指導者も、転生を繰り返していると主張しています」

「それは、あくまで宗教的な観念というやつで、本気でそうだと信じているわけじゃないんじゃないですか」

森川は、ため息混じりに言った。

「確かにそれは一理ありますね」

「だったら……」

「正直、私には極楽浄土云々《うんぬん》は分かりません。特定の宗教を信仰していませんから。でも、前世は信じます」

「信じる根拠は何です？」

「私自身の記憶です」

「記憶？」

「はい。私の頭の中には、今の私として生まれる前の人生の記憶があるんです」

才谷は、そう言うと自らのこめかみに指を当てた。

「そんなバカな……」

「前世の私は、殺されました。それによって、肉体は滅びました。しかし、魂まで滅びたわけではありません」

「………」

「肉体を失った魂は、別の肉体に宿り、また新たな人生を歩むのです。人は、そうして何度も人生を繰り返していくんです」

「根拠の無い話ですね」

「ありますよ」

才谷は、そう言って左手の人差し指を森川の額に翳《かざ》した。

ゆっくりとそれは、揺れているようだった。

「何をしているんです？」

「魂が新しい肉体に宿ったとき、人は前世を認識できないんです。しかし、記憶が消えてしまったわけではありません」

「消えてない？」

「ええ。あなたの脳の奥底に、眠っているだけなんです」

「冗談は止めましょう」

「冗談ではありません。今、見せてあげますよ」

才谷が、穏やかな笑みを浮かべた。

彼の青みがかった瞳を見ていると、不思議と心が安らいでいくようだった。と同時に、頭の中に靄《もや》がかかったような感覚に陥る。

「見せるって何をです？」

「もちろん、あなたの前世です」

「ぼくの——前世——」

意識が朦朧《もうろう》としてきた。抗《あらが》おうとすればするほど、強い力で引っ張られるようだった。

――ダメだ。逆らえない。

「そうです。あなたの前世です――」

目の前にいるはずの才谷の言葉が、ずいぶん遠くに聞こえた。

意識を覚醒させようと、森川は頭を振った。

不思議なことに、森川はいつの間にかペンションの前に立っていた。さっきまで、夜だったはずなのに、周囲は穏やかな春の光に包まれていた。

――これは。

ペンションの外壁は、今よりくすんでいた。リフォーム前が、ちょうどこんな感じだった。

「いかがですか？」

いつの間にか、森川の隣にグレイのスーツを着た男が立っていて、作り笑いを浮かべる。

この男に見覚えがあった。確か、このペンションを紹介してくれた不動産会社の営業社員だ。

――これは、二年前の出来事だ。

それを認識するのと同時に、車窓から眺める風景のように、その映像が流れ去り、代わって新たな光景が浮かんだ。

中年の男が、ゼネラルチェアに深く腰掛け、森川に蔑《さげす》んだ視線を送っている。かつての上司だった男だ。

「人の命は、平等ではないんだ」

その男は、無表情に言った。

胸の奥にあった傷が痛む。男のそのひと言で、森川の中にあった、大切な何かが粉々に打ち砕かれてしまったのだ。

反論しようとした森川だったが、あっという間にその光景は流れ去り、新たな光景が浮かぶ。

殺風景な自宅マンション。かつて交際していた女性の後ろ姿。誇らしげな表情をしている、大学の入学式。受験勉強に没頭していた高校時代。無垢《むく》だった中学時代——次々と飛び込んでくるのは、紛れもなく森川の過去の記憶だった。

加速度を増しながら、次々と過去の記憶が流れ去っていく。まるで、時間の流れに呑み込まれてしまったかのようだった。

——死ぬ前に見る、走馬灯というのは、こういうものだろうか?

赤ん坊の泣き声が響き渡る。

母に抱かれる赤ん坊の姿が見えた。

古いアルバムで見たことがある。あの赤ん坊は森川自身だ。

次に飛び込んできたのは、真っ暗な闇だった。

しばらくして、暗闇の中に小さな白い光が浮かんだ。それは、次第に輝きを増し、森川の視界を呑み込んでいく。

二人の男が向かい合わせに立っていた。

薄暗く、湿気の充満した洞窟のような場所だった。

一人は、痩身《そうしん》で青白い顔をした二十歳くらいの青年だった。もう一人は、三十代と思われる男で、がっしりとした身体つきの、ひげ面でいかつい顔をした男だった。

二人とも、カーキ色の軍服を身にまとっていた。資料映像などで見たことがある。太平洋戦争中に、旧日本陸軍が着用していたものだ。

——これは、戦時中の映像なのか？

「なぜ分からない」

ひげ面の男が、強い口調で言った。

「こんなの間違っています」

痩身の男が、負けじと声を上げる。

「これは命令だ」

ひげ面の男は、拳銃を構えて痩身の男の額に向けた。

痩身の男は、少し驚いたようだったが、それでも強い視線でひげ面の男を睨《にら》みつける。

遠くで、断続的に爆発音がした。

――なんだこれは？

森川は、心の中で叫んだ。映画のワンシーンのように見えるが、それにしては情景がリアル過ぎる。

映像だけでなく、温度や空気の臭いまで感じるのだ。

「たとえ、川端《かわばた》さんの命令であっても、見捨てるわけにはいきません」

痩身の男は、涙目で訴える。

「まだ分からんのか！　このままでは、全員死ぬんだぞ！」

「分かってます！　でも……」

「だったら、お前も来るんだ！」

「できません！」

痩身の男は、顔を真っ赤にした。

事情は分からないが、その言葉が二人の間を決定的に引き裂いたことは分かった。

「竹地《たけち》。許せ……」

ひげ面の男は、短く言ったあとに引き金に指をかける。

――止せ！

叫ぶのと同時に、一人の女性の顔が、森川のイメージに飛び込んできた。

色白で、線は細いが綺麗な女性だった。彼女は、はにかんだように笑っていた。

——君は誰だ？

森川の問いかけを打ち破るように、銃声が轟《とどろ》いた。

見ると、ひげ面の男が握る拳銃の銃口から、ゆらゆらと硝煙が立ち上っていた。

——何てことを。

一瞬、呆然とした森川だったが、ひげ面の男の目に光るものを見た。

彼は泣いていた。

——それほど悲しいのなら、なぜ撃った？

森川の中に、憤りにも似た感情が浮かび上がった。

「これが、あなたの前世の記憶です」

突然聞こえた声に振り返ると、そこには才谷が立っていた。傍らには、ミラノもいる。

「前世だって？」

「そうです」

「どっちが……」

ひげ面の男と、痩身の男、どちらが自分の前世かを聞きたかった。だが、それより先に、才谷とミラノは背中を向けて歩き去って行く。

「待て!」

すぐにあとを追いかけたが、何歩も進まぬうちに、白い光に包まれた——。


波の音が聞こえた——。

沈みゆく夕陽に照らされて、空が朱色に染まっている。

波打ち際に、砂時計に似た岩があった。ここは、ペンションから見える、あの浜辺だ。

岩の脇に、男が立っていた。ざんぎり頭に、袴姿《はかますがた》の男だった。さっきまでとは違う光景だ——。

男は、震える手で刀を握り締めていた。

そして、その刀からはぽたぽたと血が滴っている。

「おれは何ということを……」

刀を持った男は、足許に視線を移した。

そこには、女が一人倒れていた。彼女の着物は、血で濡れていた。息も絶え絶えで、死にかけているのが分かる。

「なぜだ!」

叫び声が聞こえた。

見ると、男が息を切らしながら駆け寄ってきた。

「全て、貴様が悪いのだ！」

刀を持った男が叫ぶ。

走ってきた男は、その叫びを無視して倒れている女に駆け寄った。

女は、男の顔を見るなり、死にかけているとは思えないほど、艶《つや》のある笑みを浮かべた。

「私……約束を守れそうにありません」

掠れた声で女が言った。

「縁起でもないことを言うな」

男は、そう言って強く女を抱き締めた。

悲しい光景のはずなのだが、森川の目には、それが美しく見えた。

「あなたは、同じことを繰り返したんですね」

聞こえてきたのは、才谷の声だった。

ミラノと一緒に、砂浜にいた。

「これは、何なんだ？」

森川は、才谷に詰め寄る。

だが、彼は穏やかな笑みを崩そうとはしなかった。

「さっきも言いました。これは、あなたの前世の記憶です」

――また前世。

「そんなはずは無い。これは……こんなのは……」

森川は、最後まで言うことができなかった。意識が、深い闇の中に墜ちていったからだ――。

「大丈夫ですか？」

暗闇の中で、誰かに呼びかけられた。

森川は、ゆっくりと瞼を開いた。目に飛び込んできたのは、笑みを浮かべた才谷の顔だった。

「うわっ」

急速に覚醒した森川は、思わず立ち上がった。

慌てて辺りを見回す。そこは戦場でも、浜辺でもなく、見慣れたペンションのラウンジだった。

目の奥で鈍痛がした。足がふらふらする。

森川は、カウンターのスツールに腰掛け、目頭を指で押さえる。と同時に、さっき見た光景がフラッシュバックする。

「ぼくは……」

「あなたは、まだ受《う》け容《い》れることを拒絶しているんです」

才谷が、森川の肩に手を置いた。

「拒絶？」

森川は、改めて才谷の顔を見た。

「ええ。私は、その人が今見るべき前世の記憶を、追体験させることができるんです」

「見るべき前世……」

森川は、頭を振った。

「そうです。今のあなたに影響を及ぼしている、前世の記憶――とでも言いましょうか。とにかく、そういうものです」

「影響だって？」

「ええ。覚えていなくても、人は、前世の記憶に、いや過去に縛られているものなんです。その記憶を呼び起こすことで、今の人生に良い影響を与えることもできます。でも、あなたは、自分の過去と向き合うことを拒否しています。だから、肝心なことを思い出せないんです」

「何を言ってるんだ？」

森川は、睨むように才谷を見た。

「何って、あなたの前世の記憶のことですよ」

「バカな。そんなものは存在しない」

「どうして、そう言い切れるんですか？　さっき、あなた自身が見たじゃないですか」

「あれは……夢だ……」

森川は、首を大きく左右に振った。

冗談ではない。もし、あれが本当に森川の前世だとするなら――自分は、人殺しということになる。

いや、そんな風に考えること自体、前世を肯定していることになる。

「もう一度、試してみますか？」

そう言いながら、才谷が人差し指を立てる。森川は「止せ！」と、すぐにその手を振り払った。

才谷は、目を丸くしている。

前世など認めたくない。認めるつもりも無い。頭の中で、何度も繰り返す。だが、そうすればするほど、落ち着かない気分になる。

その理由は、森川にも分からなかった。

「前世なんてありません」

森川は、改めて口にした。

「では、あなたがさっき見たのは、何ですか？」

「だから、あれは……」

言いかけたところで、森川は言葉を止めた。

「どうしました？」

才谷が、森川の顔を覗き込む。

「あれは催眠術ですね」

森川は、確信を持って言った。

「催眠術？」

才谷は、分からないという風に首を捻る。

だが、惚けても無駄だ。

「ええ。あなたは、心理療法士か何かで、ぼくに気付かれないように、言葉巧みに催眠状態に誘導したんです。もしかしたら、珈琲の中に睡眠導入剤を入れたのかもしれない」

まくしたてる森川を、才谷は黙って見つめていた。

おそらくは、図星なのだろう。森川は、そう判断して続ける。

「さっき見たあの映像は、ぼくの前世ではなく、あなたの誘導によって作られた虚偽の記憶なんでしょ」

森川の推理を、才谷は無表情に受け止めた。

どれくらい時間が経ったのだろう。ミラノが沈黙を破るように、「ワン」と吠えた。

それをきっかけに、才谷は笑顔になって、パチパチと拍手をする。

「面白い解説です」

「一つ教えて下さい。あなたは、何がしたいんですか？」

森川が問うと、才谷は再び真剣な表情に戻った。

その急な切り換えに、なぜか胸を締め付けられるような感覚に陥った。

「何がしたいかと言えば、さっきも言ったように、私は人を捜しているんです。その人を見つけるために、ご縁ができた方々の記憶を辿っているんです」

「だったら、こんな回りくどいことをしないで、素直に訊けばいいじゃないですか」

「それではダメなんです」

才谷は少しだけ目を伏せた。酷く哀しげな顔だった。

「なぜです？」

「私が欲しているのは、現世ではなく、前世の記憶だからです」

「まだ、そんなことを言うんですか？」

「ソウルメイトという言葉を知っていますか？」

才谷が、質問を返してくる。

「え？」

「前世で縁のあった魂は、生まれ変わっても、お互いを求め合い、つながりが生まれるものなんです」

「つながり……」

「そうです。だから、私は縁のできた方々の前世の記憶を見るんです。もし、私とあなたが前世でつながりがあったのだとしたら、あなたの近くに、私の捜している人がいる可能性があります」

「それは、オカルトでは？」

「事実です」

「違う。こんなのは……」

才谷は、指を立てて森川の言葉を遮った。

その表情は自信に満ちていた。森川の心がぐらぐらと揺れる。

「それに、あなたの解説には、一つ穴があります」

「穴？」

「私の目的は、前世の記憶を頼りに、ある人を捜すことです。あなたに、作られた映像を見せる意味がありません」

確かに才谷の言う通り、人を捜すことが目的だとしたら、催眠状態にして、森川に偽の映像を見せる意味は無い。

だが、それは、人を捜しているという才谷の主張が嘘でない——という前提で成り立つ論理だ。

それが分かっているはずなのに、なぜか反論することができなかった。

「そろそろ、服が乾いたかもしれませんね」

しばらくの沈黙のあと、才谷は立ち上がり、暖炉の前に歩み寄り、スーツの乾き具合を確かめる。

「うん。乾いてる。着替えさせて頂きます」

才谷はそう言うと、スーツを抱えてミラノと一緒に奥の従業員控え室に入っていった。

森川はその背中を見送りながら、長いため息を吐いた。

8

三浦千里《みうらちさと》は、鬱々《うつうつ》とした気持ちを抱えたまま歩いていた。

ふと足を止め、空を見上げた。

都会の夜空はくすんでいて、星を見ることはできない。当たり前のことなのに、いっそう気分が落ち込む。

千里は、ピアニストとして活動していた。

日本のクラシックの世界は、閉鎖的で年功序列が根付いている。だから、千里もしばらくは頭角を現わすことは無かった。

そんな生活が一変したのは、半年前のことだった。

海外のコンクールで賞を受賞したのだ。

天才美人ピアニストと、マスコミにもてはやされることになった。コンサートなどで、客入りが圧倒的に良くなり、収入も増えた。

だが、その分、多くのことを要求されるようにもなっていった。

露出度の高いドレスを着させられたり、テレビのトーク番組に出演したり、それは、おおよそ音楽とは関係のない要求だった。

千里は、次第に大きなストレスを感じるようになった。そんな精神状態に、さらに追い打ちをかけたのが、同業者からの妬《ねた》みだった。

——一度、賞をとったくらいで調子に乗って。

——女はいいよな。ちょっと肌を見せれば客が入る。

——芸能人気取りの嫌な女。

気にしなければいいのだろうが、千里は容赦なく浴びせられる言葉を、まともに受け止めてしまった。

結果、みるみる孤立していった。

その頃から、毎晩繰り返し、不思議な夢を見るようになった。

夢に出てくるのは、いつも同じ浜辺――。

砂時計を思わせる大きな岩があり、千里はその傍らに一人で立っている。誰かを待っているような気がするのだが、その相手が誰なのかは分からない。

そして、目を覚ますと、いつも喩えようのない孤独感に襲われるのだ。

それだけなら良かったのだが、三週間前、コンサートでステージに立ったとき、演奏中に激しい動悸《どうき》と目眩《めまい》を覚え、ステージ上で倒れてしまった。

最初は、身体的な不調を疑われ、精密検査を受けたが異常は見つからなかった。過度のストレスだろうということだった。

それからも症状は改善されるどころか、悪化の一途を辿り、今では仕事をセーブしている状態だ。

自宅マンション近くの公園に差し掛かったところで、千里は再び足を止めた。

――誰かに見られている。

そんな感覚があった。

この辺りは、あまり人通りも多くない。何かあったら嫌だ。気のせいかもしれないが、急いで帰ろう。

走り出したところで、目の前に急に何かが飛び出してきた。

男だった――。

恐怖で息が止まり、身体が硬直する。

「三浦千里さんですよね」

少し、甲高《かんだか》い声で男が言った。

「ど、どなたですか？」

千里は、パニックを起こしそうになる気持ちを鎮めながら訊ねた。

「怪しい者ではありません。ぼくは、ただ……」

男は、ゆっくりと千里との距離を詰めてくる。

「それ以上、近づかないで下さい。人を呼びますよ」

千里は恐怖を覚えながらも、毅然《きぜん》と言った。男が驚いたように動きを止めた。

「ぼくは、あなたと話がしたいだけなんです」

そう言って、男は千里に手を伸ばす。

「止めて下さい」

千里は、身体を退《ひ》いて男から距離を取る。

「怖がらないで下さい。ぼくは、本当に話がしたいだけなんです。とても大切な話です」

男は、今にも泣き出しそうな顔だった。

「大切な――話？」

「あなたと、ぼくの運命についてです」

「運命……」

「そうです。ぼくは、あなたを捜していたんです。そして、運命に導かれて、ようやく見つけることができました」

男は興奮したように早口に言うと、千里の腕を摑んだ。

「離して下さい」

千里は必死に抗うが、男の力が強く、逃れることができない。

「これ、これを見て下さい。覚えがあるはずです」

男は右手で千里の腕を摑んだまま、左手で一枚の写真を取り出した。

その写真には、浜辺が写っていた。砂時計に似た岩があり、その周りに、紫《むらさき》花菜《はなな》が咲いている。

何度も夢で見た、あの浜辺の写真だった。

――なぜ、これを？

疑問を抱くのと同時に、別の思いが芽生えた。

――私は、この人を知っている。

もちろん、今まで会ったことはない。なのに、なぜか懐かしさにも似た感情が芽生えていた。

――運命。

男の言っていた言葉が、頭を過《よ》ぎる。

「なぜ、この場所を知っているんですか？」

千里が訊ねると、男の顔がぱっと明るくなった。

「やっぱり、あなただったんですね」

男は歓喜に満ちた表情を浮かべたかと思うと、千里の身体に手を回して抱きついてきた。

「止めて下さい！」

千里は、男の腕から逃れようと必死に抗う。男も、離すまいと腕に力を込める。

必死に抵抗し、何とか男の腕から逃れた千里だったが、その拍子にバランスを崩してしまった。

あっ――と思ったときには遅かった。

千里は地面に頭を打ちつけ、そのまま意識を失った――。

9

森川は、冷え切った珈琲を飲み、深いため息を吐いた。

——前世の記憶です。

才谷はそう言った。無論、そんなものを信じるつもりはない。頭では分かっていても、心に引っかかるものがあるのも確かだ。

自分でも気付かないうちに、心が弱っていたのだろうか——。

やがて、従業員控え室のドアが開いた。

目を向けると、そこにはスーツに着替えた才谷が立っていた。その姿を見るなり、森川は不覚にも笑ってしまった。

洗濯してスーツが縮んでしまったらしく、上着はボタンが留まらないほどにピチピチだし、ズボンの丈も踝《くるぶし》の上あたりまでしかなかった。

笑う森川を窘めるように、ミラノが「ワン」と鳴いた。

「そんなにおかしいですか？」

才谷は、おどけた調子で両手を広げてみせた。上着の袖も、縮んだせいで丈が短い。

ひどく不恰好なのだが、不思議と才谷に似合って見えた。

「すみません。クリーニングに出すべきでした。弁償します」

森川は、笑いを引っ込めて才谷に言った。

深く考えずに洗濯させてしまったが、考えれば縮むのは当然だ。

「いえ、気にしないで下さい。そもそも海水で濡れてましたし、私は着られれば、それでいいんです」

「しかし……」

「これを弁償してもらうとなると、私は珈琲とオムライスのお代を払わなければならなくなります」

才谷は、肩をすくめるようにして言うと、そのまま出口に向かった。

――同じことを繰り返したんですね。

ミラノと並んで歩く背中を見ていた森川の頭に、才谷が言った言葉が蘇った。

――あれは、どういう意味だったのか？

前世など信じていないはずなのに、なぜか無性に気になった。気がついたときには、才谷を呼び止めていた。

「何です？」

才谷が振り返った。

その真っ直ぐで純粋な視線を向けられると、なぜか後ろめたさに似た感情が生まれ、視線を逸らしたくなる。

「あれは、どういう意味です？」

「あれとは？」

「同じことを繰り返した——そう言ってましたよね」

「ああ。正確には、少し違います」

「違う？」

「ええ。前世では同じことを繰り返してしまいました。あなたは、その業《ごう》というか、宿命を避けるため、現世において逃げてしまったのです」

「逃げる……」

森川は、その言葉を復唱すると同時に、胸に刺すような痛みを感じた。

業云々は分からない。だが、才谷の言う通り、森川は現実と向き合うことを拒絶して、全てを捨てて逃げ出したのは事実だ。

「なぜ、逃げたんですか？　あなたは、正しいと思った行動をとったはずなのに……」

「ぼくの……」

——何を知っている？

そう問いかけるつもりだったが、思うように言葉が出てこなかった。

才谷の青みがかった瞳は、森川の現在はもちろん、過去までも見透かしているように思えてしまった。

「あ、そうか……現世のあなたは、まだ、あの人に会っていないんですね。だから、揺れてしまったのか」

突然、才谷が手を打った。

——あの人とは、誰のことだ？

「でも、大丈夫です。魂は引き合うものです。あの人も、あなたのことを欲しているはずです。だから、きっと、現世でも会えます」

才谷は、意味深長に微笑むと、ドアに手をかけた。

このまま才谷を行かせたら、大切な何かを失ってしまう。なぜだか、焦りを覚えた。

「この先、どうするんですか？」

森川は、才谷の背中に向かって訊ねた。

「決めていません」

才谷は、背中を向けたまま答える。

「は？」

「流されるままに……そうすれば、いずれ、私も見つけることができるでしょう……」

才谷は笑顔で振り返った。

「今からでは、宿を見つけるのは大変ですよ」

「大丈夫です。野宿には慣れています」

「シーズンオフで部屋は空いてます」

森川が言うと、才谷が驚いた顔をした。何より、森川自身が、自らの発言に驚いていた。

だが、口にすると同時に、本心であることも認識した。

実に奇妙な男ではある。だが、才谷と一緒にいれば、失われた何かを取り戻せるかもしれない——そんな気がしていた。

「私、一文無しなんです」

しばらくの沈黙のあと、才谷は照れ臭そうに鼻をこすった。

「知ってます」

森川が笑顔で答えると、ミラノが「ワン！」と吠えた。

第2章

閉ざされた記憶

1

男は、走っていた――。

断続的に続く爆発音と銃声の中、方向も分からず、ただ走り続けていた。

さっきまでは仲間と一緒に走っていた。だが、銃弾に倒れ、或いは爆弾で粉々に吹き飛ばされ、一人また一人と減り、気がつけば、自分だけになっていた。

――いったい、どこに向かっているのか？

息を切らしながら自問してみる。答えは返ってこない。

山の斜面を登り、大きな岩に身を隠したところで、男は一度海岸に目を向けた。

闇夜の中、轟音《ごうおん》とともに光が瞬《また》き、夜空に光の線を描く。流れ星のように見えるが、断じて違う。

沖合に並んだ数十隻の戦艦から、次々と発射される艦砲射撃の光だ。

島のあちこちで、爆発の赤い炎が上がる。

――どこに逃げるつもりだ？

男の脳裏に、そんな声が過《よ》ぎった。

ここは陸から遠く離れた孤島だ。逃げる場所など、どこにも無い。

だが、それでも男は走り続けている。

彼の願いはただ一つ——もう一度、家族に会いたい。

男は、それを胸にただ走った。

息が切れた。足は棒のようになり、意識が朦朧《もうろう》としてきた。

——もうこれ以上は、走れない。

男が諦《あきら》めかけたとき、軍服を着た、痩身《そうしん》の男が目に入った。

——敵か？

一瞬ひやりとする。

だが、それはすぐに安堵《あんど》に変わった。知っている男だったからだ。彼は洞窟の入口に立ち、必死に手招きしている。

「急げ！　早くこの中に！」

——助かった。

あの中に入れば、しばらくはしのぐことができる。

男が、ほっとしたのも束の間、すぐ目の前で大きな爆発があった。熱風に煽《あお》られ、身体が宙に舞った——。

「はっ！」

有田は、公園のベンチの上で目を覚ました。

まだ夜明け前らしく、辺りは薄暗く、烏《からす》の鳴く声だけが、あちこちで響いていた。

首の周りに、びっしょりと汗をかいていた。内容は詳しく覚えていないが、ひどく嫌な夢を見ていたような気がする。

有田は、ため息を吐《つ》きながら身体を起こした。

公園のゴミ箱が目に入った。

昨日の出来事が連想され、大竹の顔が頭に浮かんだ。

「最悪だ……」

嫌な記憶から逃れようと、有田は公衆トイレに向かった。

水道の蛇口を捻《ひね》り、勢い良く流れる水で顔を洗い、正面にある薄汚れた鏡に目を向けた。

「これが……おれか……」

そこに映る自分の姿に、有田は落胆した。いや、失望と言ってもいい。

もう何日も風呂に入っていないせいで、肌は浅黒く汚れ、髪は脂でベトベトだ。深く皺《しわ》が刻まれ、生気の欠片《かけら》も無い顔だった。

会社を経営していた頃、世の中の中心は自分だと信じて疑わなかった。

誰も自分に意見する者はいなかった。それは、自分が正しいからだと認識していた。

だが、今になって考えれば、裸の王様だったのだろう。

自分に意見してくれる優秀な右腕がいれば、こんなことにはならなかったのかもしれない。

――いや違う。

有田の頭に、大竹の顔が浮かび、その考えを否定した。

大竹は、何度も有田に意見をしにきていた。「このままでは、会社が傾く」と――それを「うるさい」と言って一蹴《いっしゅう》してしまったのは、有田自身だった。

有田は、自ら望んで裸の王様になったのだ。

「おれが、間違っていたんだな……」

自然に言葉となって出た。

今まで、それを認めようとしなかった。意地を張り、権力を振りかざし、自分勝手に生きてきた。結局は、自分の首を絞めることになるとも知らずに――。

一度認めてしまうと、一気に楽になった。

それと同時に一つの考えが浮かんだ。

――死のう。

2

身支度を済ませた陽子は、家を出た。

駐輪場に停めた自転車にまたがり、「えい」っとペダルを漕ぐ。

風がまだ冷たかったが、逆にそれが心地好くもあった。

空と海の青さが眩《まぶ》しかった。

坂道を下り、バス停の前を駆け、急ブレーキをかけてペンションの前に自転車を横付けする。

「おはようございます」

いつものように挨拶《あいさつ》をしながら、裏口のドアからペンションに入った。

「おはようございます」

答えたのは、オーナーの森川ではなかった。

カウンターのスツールで、珈琲カップを持った男が、微笑《ほほえ》みかけてきた。

「あっ！　昨日の！」

陽子は、飛び跳ねるようにして声を上げる。

そこにいたのは、昨日、びしょ濡れでペンションにやって来た謎《なぞ》の男、才谷梅太郎だった。

「覚えていてくれたんですね」

「昨日の今日で、忘れませんよ」

あれだけインパクトのある登場の仕方をしたのだ。そうそう忘れられるものではない。

「そうですよね」

「結局、泊まったんですか？」

陽子が訊《たず》ねると、才谷は「ええ」と答えながら立ち上がった。

その姿を見て、陽子はぎょっとなる。

「え？　嘘《うそ》！　縮んでる！」

才谷のズボンの丈は、踝《くるぶし》の上あたりまでしかない。上着の袖も丈が足りず、前のボタンはとても留まりそうにない。

「変ですか？」

才谷は、両手を広げてみせる。

変だ――いや、そういう問題ではない。海水でびしょ濡れだったので、何も考えずに洗濯機に放り込んでしまった。

まさか、たった一回の洗濯で、こんなにも縮むとは思わなかった。

「すみません。私のせいですね」

陽子は頭を下げた。

「そんな、謝らないで下さい。もともと海水で縮んでいたのかもしれないし、私の身体が急に大きくなったのかもしれない」

――そんなわけない。

「弁償します」

「いや、本当にいいんです。私は、無銭宿泊している身ですから」

才谷が言うのに合わせて、床に伏せていた黒い犬が「ワン」と吠《ほ》えた。名前は確かミラノだった。

「え？　そうなんですか？」

「はい」

才谷は、いたずらっ子のように舌を出した。

「それなら、おあいこですね」

陽子は、ほっとするのと同時に、呆《あき》れてもいた。

料金も取らずに宿泊させてしまうとは、森川らしいと思う。今までも、そういうことは何度かあった。

人がいいというか、何というか。経営者としては失格なのだが、陽子は森川のそういうところが嫌いではなかった。

「ところで、森川さんは？」

ラウンジにも、キッチンにも、その姿は見えない。

「今、買い出しに行ってます」

「買い出し？」

「ええ。今朝早くに、大きなパーティーの予約が入ったんです。で、私は留守番を頼まれたというわけです」

「そっか……って、おかしくないですか？」

「何がです？」

「だって、一応お客さんでしょ」

「ええ。まあ……」

「お客さんに留守番させるなんて、論外ですよ」

森川には、客商売をしているという自覚が無さ過ぎる。

「いや、しかし、私は無銭宿泊の身ですから……」

才谷が、頭をかきながらカラカラと笑った。

「そういう問題じゃありません」

「まあいいじゃないですか。私も、急ぐ用事があるわけではありませんから」

才谷の言葉を聞き、ふと疑問が浮かんだ。

「才谷さんは、旅行か何かでここに来たんですか？」

陽子はエプロンを着け、流しで台布巾を絞りながら才谷に訊ねた。

「いえ、人を捜しているんです」

「人？」

「ええ。前世からの約束がありまして……」

「前世って、あの前世？」

「はい。その前世です」

才谷は、子どもみたいに無邪気な笑みを浮かべた。

前世など、テレビ番組や漫画で目にしたくらいで、今まで真面目に考えたこともなかった。学生時代に前世占いなるものが流行《はや》ったが、それは生年月日から、幾つかのパターンに分けるだけの、遊びに過ぎなかった。

「前世ってあるんですか？」

「もちろん」

才谷が、大きく頷いた。

そこまで自信満々に言われると、何だか本当にあるような気がしてしまう。

「へぇ。面白そう。私の前世って何だったんだろう？」

特に何かを期待したわけではない。話を合わせる程度の軽い気持ちで言っただけだ。

だから、才谷の答えに目を瞠《みは》った。

「見てみますか？　あなたの前世を――」

「私の――前世」

陽子は、胸騒ぎを覚えた。

3

遠くで波の音が聞こえた。

千里は、その音に誘われるように、ゆっくりと瞼《まぶた》を開けた――。

「ここは？」

口にしながら、身体を起こす。白く正方形の部屋に、ベッドが四つ並んでいる。鼻を突くような薬の臭いがした。

どうやら病院らしい。寝ているのは、千里だけだった。

「何で、病院に……」

呟《つぶや》いたところでドアが開き、三十代と思《おぼ》しき、女性の看護師が部屋に入ってきた。

「目が覚めたんですね。良かった」

彼女は千里を見て、ほっとしたような笑みを浮かべた。

「私は……」

「転んで、頭を打ったんです」

――頭を打った？

千里は、自分の額に手を当てた。ガーゼが貼り付けてあった。

ズキッと痛みが走る。

同時に、目の前に映像が浮かんだ。

波打ち際に、大きな岩が聳《そび》えていた。真ん中が抉《えぐ》れ、砂時計に似たあの岩だ。いつも夢で見る光景だ――。

岩の近くに人が立っていた。男の人だ。逆光に照らされ、影だけの存在のように見える。

その影を見ていると、心が芯から安らいでいく。

――あなたは誰？

問いかけようとしたところで、肩を叩《たた》かれた。

はっと顔を上げると、さっきの看護師が心配そうに千里の顔を覗《のぞ》き込んでいた。

「痛むんですか？」

「いえ、大丈夫です」

「念のため、精密検査もしておきましょう。先生も、そう言っています」

「はい」

千里は、頷いて答えた。

部屋を出て行こうとした看護師だったが、不意に足を止めて振り返った。

「そうそう。彼氏さんが、ずっと付き添ってくれていたんですよ」

「へ？」

看護師から発せられた予想外の言葉に、千里の思考は停止した。

「あなたを背負ってここまで運んできたのも、彼氏さんよ。とても心配していましたよ。早く顔を見せて安心させてあげて下さいね」

笑顔とともに看護師は病室を出て行った。

——彼氏？

いったい誰のことだろう。千里には、現在交際している男性はいない。

看護師は、友人の誰かのことを彼氏だと勘違いしたのだろうか？　だが、「付き添っていた」とも言っていた。

——どういうこと？

考えれば考えるほど分からなくなる。薄気味の悪さが全身に広がり、寒気がした。

千里の思考を遮るように、病室のドアが開いた。

顔を上げると、そこには青年が立っていた。二十代前半くらいだろうか。まだ、幼さの残る顔立ちをしていた。

「良かった。目を覚ましたんだね。一時はどうなるかと思った」

彼は、満面に笑みを浮かべる。

「あなたは……」

千里は言いかけた言葉を呑み込んだ。

——私は、この人を知っている。

一気に記憶が蘇《よみがえ》ってきた。

今、目の前にいるのは、昨晩、心療内科からの帰り道で、声をかけてきた男だ。

彼は突然、浜辺の写真を見せてきて、運命がどうしたとか、わけの分からないことを言って、千里に襲いかかってきた。

「怖がらなくていいよ。ぼくとあなたは、他人じゃないんだから」

笑みを浮かべながら、千里のベッドに歩み寄ってくる。

「ちょっと、待って下さい。私は、あなたのことなんて知りません」

千里はシーツを摑《つか》み、身体を強張《こわば》らせながら言う。

彼は、歩みを止めたものの、顔には笑みを浮かべたままだった。それが、いっそう千里の恐怖心を煽る。

「うん。分かってる。前世のことだから、忘れていても仕方ないよ」

「前世？」

「そう。前世だ」

いきなり、前世がどうしたとか、この男は普通じゃない。

「何を言ってるの？」

千里は眉を顰《ひそ》めた。

だが、彼は依然として笑みを浮かべたままだった。

「今は忘れていても、きっと思い出すよ。いや、思い出させてみせる。だから、ぼくと一緒に行こう」

彼が、千里の手を握った。

肌が触れ合った瞬間、電気が走ったように身体が痺《しび》れた。

頭の中に、映像が浮かぶ――。

さっき見た、浜辺の光景だ。

背中を向けていた男が、ゆっくりと振り返る。だが、逆光でその顔をはっきりと見ることができなかった。

「さあ、行こう」

耳許でした声によって、一気に現実に引き戻される。

「離して下さい！」

千里は、手を振り払った。

彼はしばらく呆然《ぼうぜん》としていたが、不意に表情が変わった。さっきまでの笑みは消え、見開かれた目に、わずかだが怒りが宿ったような気がした。

「なぜだ。なぜ、分かってくれないんだ」

彼が、譫言《うわごと》のように言いながら、千里に手を伸ばしてくる。

激しい恐怖感に襲われた千里は、ベッドから飛び降りて逃げようとした。だが、その前に肩を摑まれた。

振り払うように身体を捩《よじ》る。そのまま、もつれ合うようにして、千里はベッドから転がり落ちた。

床頭台《しょうとうだい》が倒れ、けたたましい音を立てる。

千里は、腰を打ちつけ、痛みに顔を歪《ゆが》めながらも、どうにか起き上がり、そのまま病室を逃げ出そうとした。

だが――できなかった。

背後から、彼に羽交い締めにされたのだ。

「いやっ！」

悲鳴を上げながら、身体を捩る。だが、力では敵わなかった。

「何もしない。何もしないから、ぼくの話を聞いて」

彼は、千里を抱く腕に力を込める。

——いったい何が起きているの？

疑問が頭の中を駆け巡る。だが、その答えを見つけられず、恐怖と困惑が胸の中に広がっていく。

「何をやっているんですか？」

騒ぎを聞きつけたらしく、病室のドアが開き、さっきの看護師が顔を出した。

「助けて下さい！　この人、彼氏なんかじゃない！　私、この人に襲われたんです！」

千里は渾身《こんしん》の力で叫んだ。

4

「前世って、見られるんですか？」

陽子は身を乗り出し、驚きとともに訊ねた。

スツールに腰掛ける才谷は、ニッコリ笑ってから、大きく頷いた。

「へぇ、凄《すご》い。才谷さんって占い師だったんだ」

陽子は、感嘆の声を上げた。

才谷の不思議な風貌も、奇妙な言動も、占い師ということであれば納得できる。だが、当の才谷は怪訝《けげん》な表情で首を傾《かし》げた。

「残念ですが、私は占い師ではないんです」

「でも今、前世を見られるって言ったじゃないですか」

「ええ。言いました」

「だったら、占いができるんじゃないんですか？　あ、それとも、テレビとかでよくやってる霊視ってやつですか？」

「違います。霊視も占いも私が見るだけですよね。私は、あなたに前世の記憶を見せることができるんです」

才谷は、人差し指を立てる。

「じゃあ催眠術みたいなことですか？」

「いや、どう言ったらいいのかな……うまく説明できないんですけど……人は、誰でも前世の記憶を持っているんです」

あまり説明のうまい方ではないようだ。才谷もそれは自覚しているらしく、言葉は自信なさげだった。

その様が、妙にかわいく見える。

「それで？」

「で、私はその記憶を表層上に呼び起こして、見せることができるというわけです」

「やっぱり、催眠術じゃないですか」

陽子がダメ押しで言うと、才谷は腕組みをして「うーん」と唸《うな》った。

しばらく沈黙が続いたのだが、それを打ち破るように、ミラノがワンと低い声で吠えた。それをきっかけに、才谷は何かを思いついたらしく、「そうだね」と大きく頷いた。

「まあ、催眠術ってことでいいです」

「いいんですか？」

才谷が明るく言いながら、カウンターを指先でトンと叩いた。

「いいんです」

意地悪で訊いてみた。

「そっか」

「で、どうします？」

「何が？」

「見てみますか？　あなたが、あなたとして生まれる前の記憶を――」

細められた才谷の青みがかった瞳に、一瞬だけ影が差したようだった。

踏み込んではいけない領域に、踏み込もうとしている――そんな恐れにも似た感覚が、陽子の胸の中に広がっていく。

「本当に……前世が見られるんですか？」

陽子は改めて訊ねた。

どういうわけか、声が震えていた。

「ええ。あなたが望めば。ただし、条件があります……」

「何です？」

「あなたの記憶を、私にも共有させて下さい」

「共有？」

「はい。さっきも言いましたが、私は人を捜しています」

「それで？」

「あなたの前世の記憶の中に、私の捜している人の手がかりがあるかもしれません」

才谷は、説明をしながら、カウンターを指先でトントンと叩き始めた。

彼の話は、突拍子もないものだ。それなのに、なぜか砂に染み込む水のように、すっと入ってくる。

「捜している人って、どういう人なんですか？」

「それを説明するのは、難しいですね。ただ、どうしても、会わなければならない人なんです」

才谷は言ったあとに、口をぎゅっと結んだ。

そこには、なみなみならぬ覚悟があるように思えた。

「もし、見つかったら、どうするんですか？」

「見つけてから、考えます」

「そうなんだ……」

トントントン――。

規則正しく、一定のリズムを刻んでいる。

不快ではない。心地好いリズムだった。意識が、遠のいていくような感じ――。

「どうしますか？」

「え？」

「見てみますか？　あなたの前世――」

「見たい」

陽子は身を乗り出すようにして言った。

本当に、自分の前世が分かるのか、正直怪しいところだ。だが、なぜか、その先に自分の求めているものがあるような気がしていた。

――でも何を？

「じゃあ、まずは肩の力を抜いて、リラックスして」

才谷に言われるままに、陽子は肩の力を抜き、腕をだらりと垂らした。

ふわふわと、宙に浮いているような感覚がした。

「まず、記憶を遡《さかのぼ》っていきます」

そう言うと、才谷は左手の人差し指を陽子の額に当てた。

その指先から、じわっと温かいものが流れ込んでくるようだった。

陽子は、その心地好さに瞼を閉じる。真っ暗になるはずだったのに、瞼の裏に、映像が浮かび上がる。

陽子は、ペンションを見上げていた。

アルバイト募集の張り紙を持って、森川が玄関に出てきた。その姿を見たとき、陽子は何だか懐かしい匂いを嗅《か》いだ。

――この人を知っている。

そんな感覚だった。陽子が、森川に声をかけたところで、場面が飛んだ。

通っていた短大の授業中だった。講師が、ホワイトボードに何か書いている。だが、陽子の頭には一つも入ってこなかった。

「陽子は、就職どうするの？」

友人の直美《なおみ》に訊ねられた。

「特に決めてない。別に、やりたいことも無いし」

笑いながら、そう答えたのだ。

だが、それは陽子の本心ではなかった。本当は、やりたいことがあった。だが、それを誰かに言ったことはない。どうせ自分には無理だと諦めていたからだ。

自分の限界は、自分が一番分かっている。

無理して頑張ったところで、自分のやりたいことを仕事にできる人なんて、ほんのひと握りだ。自分が、そのひと握りに入れるとは思えない。

多くの学友たちと同じように、流されるままに歩んだ方が楽だし、正しいことだと分かっている。そういう生き方が、自分には合っている。

考えを巡らせている間に、場面は高校時代に飛んだ。

ブレザーの制服を着た陽子は、休み時間の教室で、友人たちと楽しく話している。だが、その会話にまったく共感できなかった。ただ、周囲に合わせて笑っているだけだった。

心の底に、ズレを感じていた。

——自分の居場所は、ここではない。

そんな感覚だ。だが、それを口にしたことはない。言ったところで、何も変わらないからだ。

中学生のときも、小学生のときも、ずっと周りに合わせる生き方をしてきた。

それが正しいことだと思っていた。それを繰り返しているうちに、段々と本当の自分が見えなくなっていったのだ。

それこそが、ズレの原因だと分かっていた。それなのに、抜け出すことができなかった。

また、場面が飛んだ——。

赤ん坊がいた。幼い頃の自分の姿だ。

さらに時間は遡り、やがて目の前が真っ暗になった。

しばらく、暗闇の中を彷徨《さまよ》っていたが、やがてその先に小さな光が見えてきた。

その光は、みるみる広がり、陽子の視界の全てを覆い尽くした——。

5

「この人に襲われたんです！」

悠人は、自らに浴びせられた言葉に驚き、激しく動揺した。

千里は身体を捩り、悠人から逃れようとしている。

「違う！　ぼくは、そんなつもりじゃないんだ！　分かってくれ！」

悠人は必死に訴えた。

嘘ではない。悠人は、千里に危害を加えるつもりは無い。ただ、思い出して欲しいだけなのだ。

違う。断じて違う。

「彼女を離してあげなさい」

看護師が、顔面蒼白《そうはく》になりながらも、悠人に語りかける。

これではまるで、自分が千里を人質に捕《と》っているみたいではないか――違う。断じて違う。

悠人は、大きく首を振って否定する。

「そうじゃない。ぼくと彼女は、愛し合った仲なんだ」

「何を言っているんですか？　あなたのことなんて知りません！」

千里が悲痛な叫び声を上げた。

彼女がこういう反応をするのも、仕方ないことだと思う。彼女は、まだ前世の記憶を思い出していないのだから――。

「離してあげなさい」

看護師は、完全に千里の言葉を信じているようだ。

「違う！　本当に違うんだ！」

「警察を呼ぶわよ」

「警察……」

悠人は、看護師の放った言葉で、頭の中が一瞬真っ白になった。

――どうして、こんなことになったんだ？

目が霞《かす》み、耳鳴りがした。

千里と看護師が、何かを叫んでいたが、悠人の頭の中には、一つも入ってこなかった。このまま千里を離そうかとも思った。だが、そうしたら、二度と彼女には会えなくなるような気がした。

――どうすればいいんだ？

騒ぎを聞きつけて、他の看護師たちも、病室の前に集まってきた。このまま、ここに立っていたら、取り押さえられ、警察に突き出されるだろう。そうなれば、ただのストーカーだ。

前世の記憶が、頭を過ぎる。

あの中で、千里は胸から血を流しながら死んでいった――。

悠人は、ただ見ていることしかできなかった。救いたいのに、救えなかった。だから誓ったのだ。現世でもう一度彼女と出会えたなら、今度こそは、何があっても彼女を守ろう――と。

今の千里は、前世の記憶が無い。だから、悠人を恐れている。

だが、彼女も記憶を取り戻せば、理解してくれるはずだ。そして、悠人を受《う》け容《い》れ、一緒にいることを望んでくれるだろう。

それが、前世から決められていることなのだから――。

「下がれ！」

悠人は、覚悟を決めて叫んだ。

病室の前に集まった看護師たちが、ざわざわとどよめく。

「下がらないと、彼女が死ぬことになるぞ！」

悠人は、ポケットの中に入っていたボールペンを、ナイフに見立てて千里の首に突きつけた。

千里の身体が、ぎゅっと硬直するのが分かった。

「大丈夫。あなたに危害は加えません」

悠人は、千里にだけ聞こえるように、優しく囁《ささや》いた。

彼女は悠人の言葉を信じていないらしく、身体を強張らせたままだった。今はそれでいい。記憶を取り戻せば、きっと理解してくれる。

悠人は、自分に言い聞かせる。

「バカなことは止《や》めなさい」

看護師の一人が、病室に入ってこようとする。

なかなか勇敢な女性だが、今の悠人にとっては邪魔者でしかない。

「いいから下がれ！」

ペンを千里の首に押しつけ、睨《にら》みつけるようにして叫ぶと、看護師が後退《あとじさ》った。

他の看護師たちも、倣《なら》って入口から離れる。

「行こう」

悠人は、千里に語りかけるように言うと、そのまま彼女を押して歩き出した。

視線で看護師たちを牽制《けんせい》した。病室を出るときは、飛びかかられないよう、細心の注意を払った。

ビリビリと痺れるような緊張で、背中を汗が伝った。

ゆっくりとではあるが、廊下を進みエレベーターに乗ったところで、ほっと息を吐いた。

「何で、こんなことをするんですか？」

千里が強張りながらも、はっきりとした口調で言う。

「すみません。怖い思いをさせてますね」

「謝るくらいなら、離して下さい。言いたいことがあるのなら、こんな方法を取る必要はありませんよね」

千里の言葉に決心が揺らいだ。

確かに、彼女の言う通りかもしれない。もっと別の方法を取っていれば、ちゃんと話を聞いてもらえたかもしれない。

少しでも早く千里に理解して欲しくて、焦っていたのかもしれない。

考えを巡らせている間に、エレベーターの扉が開いた。

その途端、悠人はぎょっとなった。

エレベーターの前には、制服姿の警察官が二人立っていた。

——しまった。

考えれば分かりそうなものだった。騒ぎが起きた段階で、すでに警察を呼ばれていたのだ。

「その女性を、離しなさい」

警察官の一人が、警棒に手をかけながら言った。

——ダメだ。逃げられない。

そう思うのと同時に、身体の力が抜けた。千里は、その隙《すき》を逃さず、悠人の腕を振り払ってエレベーターの外に逃げ出した。

——行くな！

悠人が叫ぶ前に、警察官がエレベーターに飛び込んでくる。

「うおぉ！」

——ここで捕まってなるものか。

渾身の力で、悠人は警察官を突き飛ばし、外に向かって走り出した。

ちらっと振り返ると、警察官はまだ倒れたままだった。その向こうに、茫然《ぼうぜん》自失の状態で立っている千里の姿が見えた。

今は無理でも、いつかは、彼女も思い出してくれるはずだ。それまでは、何があっても捕まるわけにはいかない。

悠人は、意を決して走った。

病院の駐車場に出たところで、悠人は一度足を止めた。目の前に、BMWが滑り込んで来たからだ。

衝突する寸前のところで、BMWは急ブレーキをかけて停車する。

運転席のドアが開き、恰幅《かっぷく》のいい中年の男が、苛立《いらだ》ちを露わにしながら降りてきた。

「危ないだろ」

男が憮然《ぶぜん》とした表情で言う。

悠人が口を開きかけたところで、複数の足音が聞こえた。振り返ると、警察官が迫ってくるのが見えた。

――このままでは、捕まる。

「カギを……車のカギを渡せ！」

悠人は、男に身体を密着させ、握っていたペンを腹部にあてがった。

「な、何を……」

「いいから、車のカギを寄越せ！」

睨みつけながら言う。男は、腹部に突きつけられているペンを、ナイフだと思ってくれたらしく、みるみる顔が青ざめていく。

「カギは、まだ付いている」

男が運転席に、ちらりと視線を向けた。

確かにカギは付いたままで、エンジンもかかったままだった。気が動転していて、そんなことにも気付かなかった。

悠人は男を突き飛ばし、運転席に乗り込むと、力一杯アクセルを踏んだ。

6

鳥が鳴いている――。

十姉妹《じゅうしまつ》だろうか。籠の中で羽をばたつかせながら、ぴぃぴぃと甲高《かんだか》い声で鳴いている。

小さな和室だった。薄手の着物姿の若い女が、膝を崩して座り、じっと籠の中の十姉妹を眺めていた。

――これは何？

陽子は、混乱した。さっきまで、ペンションのカウンターにいたはずだ。それが、今は見ず知らずの場所にいて、知らない女が座っている。

女は、しなやかな動きで立ち上がり、天井から吊してある籠を手に取る。

「外に出たいのかい？」

そう問いかけると、十姉妹は困ったように首を傾げた。

女は、籠を持って障子を開けた。

雲一つない、明るい空が広がっていた。清々《すがすが》しいとは思わない。なぜか、その雄大な広さが、忌々《いまいま》しく感じられる。

窓には木の格子が付けられている。つまり、つながっているようで、つながっていない。この部屋は、外とは隔絶されているのだ。

どうせ出られないなら、いっそ見えない方がいい。そう思う。

「籠の中の鳥だねぇ」

そう言ったあと、女は籠の戸を開けた。

だが、十姉妹は飛び立たない。籠の中から外の世界を眺めているだけだった。

外の世界に出たくないのか、それとも――。

「あんたも、飛び方を忘れたのかい？」

女は、十姉妹にそう訊ねる。

十姉妹が、ぴぃと鳴いて応える。それが、同意なのか、否定なのか分からない。ただ、酷《ひど》く哀しい鳴き声に聞こえた。

女は、再び窓の外に目を向けると「同じだねぇ――」と囁くように言った。

陽子の中に、急速に様々な記憶が流れ込んできた。

それは、女の記憶だった――。

十歳で遊郭に売られ、それからずっとここで暮らしてきた。自由に外に出ることは許されない。十姉妹のように、籠に閉じ込められて過ごしてきた。

外の世界を夢見たこともあった。だが、すぐにそれは諦めた。ここでの生活しか知らないのだ。外に出たところで、どうせ何もできはしない。

流されるままに、籠の中で小さくなって生きるしかないのだと分かっていた。

長年、流された結果として、飛び方を忘れてしまった。

女は鳥籠の戸を閉め、畳の上にそっと置き、再び格子の向こうに見える空に目を向けた。

「まことは、飛びたいのにねぇ……」

呟いたところで、急に胸が苦しくなった。

咳《せき》が出た。何度も、何度も咳が出た。呼吸がままならないほど苦しくなる。やがて、畳の上に突っ伏した。

そうやってじっとしていると、いくらか楽だった。

十姉妹が、心配そうに女を見て、ぴぃ、ぴぃと鳴いた。

「少し咳が出ただけだよ。心配しないで」

そう声をかけたものの、じくじくと胸には締め付けるような痛みが残っていた。

畳を見ると、赤い染みができていた。畳だけではない。咳を押さえた着物の袖にも、赤いものが付いていた。

「血だ……」

そう口にするのと同時に、何とも言えない哀しみが広がっていく。

医学の知識があるわけではない。だが、この先自分がどうなるのか、分かってしまったのだ。

「きっと、死ぬんだね……」

女は、静かにそう言った――。

――何、これは何なの？

陽子は目の前で繰り広げられる光景に狼狽《うろた》え、必死に叫ぼうとしたが、声にはならなかった。

着物を着た女は、見覚えのない人物だった。だが、どういうわけか、それが前世の自分であると分かった。

理屈ではない。心がそう感じるのだ。そればかりか、女の感情が、まるで自分のことのように、心の中に流れ込んでくる。いや、流れ込んできたのは感情だけではなかった。

彼女の育った環境、親の顔、弟たちと遊んだ記憶。初めての床入りのときの恐怖、次第にそれに慣れていったこと――。

様々な記憶が、怒濤《どとう》のように陽子の頭の中を駆け巡った。

才谷が言っていたように、これが前世なのだろうか――いや、そんなはずはない。生まれ変わりなんて信じない。

――これは幻だ。

――騙《だま》されるな。

では、なぜこれほどまでにリアルに感じるのだろう。

自分が遊女であったはずがないのだ。

――なぜ、そう決めつける？

分からない。分からない。分からない――。

前世を受け容れようとする心と、否定しようとする心が、激しく葛藤《かっとう》している。

結論を見いだせぬまま、場面は真っ暗になった。

波の音が聞こえた――。

目を開けると、陽子は布団の上に横になっていた。

「具合はいかがですか？」

そう言って、着物を着た女が部屋に入ってきた。

目鼻立ちがはっきりしていて、品のある美しい女だった。右目の下にある泣き黒子《ぼくろ》が、彼女の美しさを引き立てているようだった。

――私は、この女性を知っている。

「絹《きぬ》さん」

陽子が声をかけると、女性が「何です？」と顔を近づけた。そうだ。この女性は絹という名だ。

「海が、見たい」

「そうですね。今日は、いい天気ですからね」

絹は、柔らかい声で微笑み、障子を開けた。とても美しい所作だった。

開け放たれた障子の向こうに、青く輝く海が見えた。潮風が、とても心地好かった。

庭先に、紫色の花が咲いていた。

格子は無い。解放されているにもかかわらず、陽子は外に出ることはできなかった。

身体が動かないのだ。

肺を患《わずら》い、余命がいくばくも無いことを悟っていた。

「あれは、何といわす花でありんすか？」

陽子は紫色の花を指差した。

「紫花菜《むらさきはなな》です。こうして、海辺にも咲くんです」

「紫花菜か……」

「綺麗ですね」

絹がしみじみと言う。

「まこと綺麗……先生が惚《ほ》れ込むのも、無理はないでありんすね」

陽子が言うと、絹は不思議そうに首を傾げた。

「そうですね。先生もあの花が好きですから」

「花ではなく、絹さんのことです」

「まあ。それだけ話せるなら、大丈夫ですね」

絹は頬を赤らめながら言うと、部屋を出て行った。

——羨《うらや》ましい。

陽子は、絹の後ろ姿を見送りながら思った。

「薬を持ってきました」

しばらくして、男が部屋に入ってきた。この男のことも、陽子は知っていた。

「宗吉《そうきち》先生」

陽子はその名を口にした。

若くして、江戸と長崎で西洋医学を学び、将来を嘱望された医師だったらしい。だが彼は、長崎で出会った男に感化され、名声を捨て、故郷のこの地に診療所を開いたということだ。

その上、情に篤《あつ》く、金の無い者や、病気で遊郭を追われ、死を待つだけの者まで引き取って面倒を見ている。

「先生は、何でわちきを助けて下さったんでありんすか？」

陽子が訊ねると、宗吉は困ったように眉を下げた。

「誰かを助けるのに、理由が必要ですか？」

「優しいんでありんすね」

「違います。往生際が悪いんです」

宗吉は、そう言うと薬の準備を始めた。

献身的なその行為が、陽子には虚《むな》しく感じられた。いくら薬を飲んだところで、ほんの少し寿命を先延ばしする程度のことだ。

少しだけ長く生を延ばしたところで、やりたいことがあるわけではない。会いたい人がいるわけでもない。

ふと母の顔が浮かんだ。だが、会いたいとは思わなかった。会ったところで、今さら何を話せばいいのか分からない。遊郭に売られて以来、母とは顔を合わせていないのだ。

想い人でもいれば、また違うのかもしれない。

だが、陽子にとって男は客でしかなかった。それ以上でも、以下でもない。そういう存在だった。

だから、男と心中する仲間の気もしれなかった。

「先生。もういいです」

「なぜです？」

陽子が言うと、宗吉は驚いたように目を丸くした。

「わちきは、もう死ぬんでありんす。思い残すこともありんせんから」

「まだ希望はあります。人は、いつかは死ぬんです。それまで、精一杯生きる。それが、人の務めです」

「先生は、強いんでありんすね」

「いいえ。弱いから、抗《あらが》うんです。さあ、飲んで下さい」

宗吉は、痩せ細った陽子の身体を起こし、口に粉末の薬を入れたあと、白湯《さゆ》で飲み込ませた。

陽子は、何度かむせながらも、どうにかそれを飲み込んだ。

――こんな男もいたのか。

最期を迎えるときに、この男に会えたことが、陽子にとっての唯一の幸運だった。

彼を突き動かしているのは、金でも欲望でもない。ただ、自分の信念に従って生きようとする、もっとも純粋で、強い意志なのだ。

庭先の木の枝に、十姉妹がとまっていた。

ぴぃ、ぴぃ、と鳴いたあと、羽を広げて空に飛び立っていく。陽子が飼っていた十姉妹ではない。それが分かっているのに、なぜだかその姿を重ねてしまった。

「先生」

「何です？」

「わちきは、生まれ変わったら、飛んでみることにしんす」

「飛ぶ……」

「ええ。流されずに、自分の思うまんまに、自由に飛ぶんです」

「病気が治れば、いくらでも飛べますよ」

宗吉は笑ってみせた。だが、それが気休めに過ぎないことは、誰よりも自分自身が知っている。

現世ではできなかった。だが、もし生まれ変われるのなら、今度こそ飛ぼうと思う。

自由に生きるのだ。

「飛びたいな」

陽子は、空に向かって手を伸ばした――。

7

――何てことだ。

汐見は、頭を抱えて応接用のソファーに深く腰掛けた。

「災難でしたね」

同情のこもった視線で言ったのは、向かいの席に座った刑事だ。

本当に災難だった。外出先から病院に戻ってくるなり、突然、見たこともない若者が現われて、汐見の車を奪っていったのだ。

突き飛ばされて転倒したが、ケガを負わなかったのが不幸中の幸いだった。

あの若者の顔を思い浮かべる。

二十歳そこそこだろう。線が細く、顔だけ見たら、どこか頼りない印象だが、目だけは、何かに憑《つ》かれたように、ぎらついていた。

「あの若者は、何者ですか？」

汐見が訊ねると、刑事は探るような視線を向ける。

「本当に、ご存じないんですか？」

どうやら、刑事は汐見の発言を疑っているらしい。

だが、いくら疑われたところで、知らないものは知らない。

「ええ。初めて見ました」

「富樫《とがし》悠人という名前に、聞き覚えはありませんか？」

「いいえ。それが、あの青年の名前なんですか？」

「受診受付にあった名前です。偽名である可能性も、充分にあります」

「それなら、なおさら分かりませんね」

「そうですか……」

刑事は、落胆のため息を吐いた。

「彼は、何が目的だったんでしょう？」

汐見が訊ねると、刑事は参った――といった感じで、顔を歪めた。

「それが、分からないので困っているんです」

「と、いうと？」

「彼の行動には、不可解な点が多々ありまして……」

「不可解？」

「はい。最初は、ストーカーの類だと思っていたんです」

「違うんですか？」

看護師たちの話では、あの若者は、自分が病院に連れてきた入院患者の女性を連れ去ろうとしていたらしい。その情報から、てっきりストーカーだと思っていた。

「それが……被害に遭った女性も、彼のことは知らないと言うんです」

「ストーカーって、そういうものじゃないんですか？」

「いや、そうでもないんです。ストーカーで一番多いのは、過去の交際相手です。別れ際にこじれて、ストーカーに発展するんです」

「でも、知らない女性にストーキングするというのも、まったく無いわけじゃないでしょ」

「そういうケースもあるにはあるんですが……」

刑事は、顎《あご》をさすりながら口ごもる。

「何です？」

「知っている、いないに限らず、ストーカー犯罪の場合、次第に行動がエスカレートしていくんです。つまり、ここまで大きな事態に発展する前に、その前兆のようなものがあるわけです」

「今回は、それが無いと――」

「ええ」

刑事は、力なく頷いた。

ストーカーではなく、何かしらの目的があっての犯行――刑事は、そう考えているのだろう。

「それで、私に面識が無いか訊ねたんですね」

汐見が訊ねると、刑事は申し訳なさそうに「そうなんです」と頷いた。

「失礼ですが、ここ最近、病院が恨みを買うようなことは、無かったでしょうか？」

一呼吸置いてから、刑事が訊ねてきた。

「何かの復讐《ふくしゅう》で犯行に及んだ……と仰《おっしゃ》りたいんですか？」

「いえ、あくまで可能性の話です」

「恨み……」

呟くように言って、汐見は腕組みをした。

「何か、心当たりがあるんですか？」

無意識に表情を動かしていたらしく、刑事が、ずいっと身を乗り出した。

「無いと言いたいところですが、正直、医者は恨まれる仕事なんです」

「そんなことはないでしょう」

「私どもは、人命を守るために、尽力しています。しかし、必ず結果が伴うとは限らない。そうなると、患者やその親族から、恨みを買ってしまうわけです」

「われわれと同じですね」

刑事は、自嘲気味に笑った。

汐見は「そうかもしれませんね」と返しながら、頭の中に、一人の男の顔を思い浮かべていた。

それから、幾つか事件発生当初の状況について質問したあと、刑事は「車が発見されたら連絡します」と言い残して部屋を出て行った。

汐見は、応接用のソファーから、自分のデスクに座り直し、葉巻に火を点けて、口の中でゆっくりと煙を転がした。

予想外の出来事に遭遇したことで、かなり疲労している。

——恨みを買うようなことは、無かったでしょうか？

さっきの刑事の言葉が頭を過ぎる。

「恨みか……」

きっと、あの男は汐見のことを恨んでいるだろう。

自嘲気味に笑ったあと、汐見は抽斗《ひきだし》を開け、中から茶封筒を取り出し、デスクの上に置いた。

昨日、探偵の女が置いていった調査報告書だ。

——なぜ、それほどまでに、彼に執着するんですか？

彼女はそう訊ねた。

あのときは、関係は無いと応えたものの、心の奥では自覚している。汐見は、彼に執着しているのかもしれない。

そうでなければ、わざわざ、彼の居場所を捜したりはしない。

だが同時に、汐見自身、執着の理由は分からなかった。全てはもう終わったことだ。今さら、彼の居場所を知って、何をしようというのか？

汐見は、答えが見いだせないまま、茶封筒を開けて中の資料を引っ張り出した。報告書と一緒に、数枚の写真が入っていた。その中の一枚を手に取ってみる。

少し、俯《うつむ》き加減に写真に写る彼の顔には、影が貼り付いているようだった。

汐見は、デスクの上に置いてある冷めた珈琲を飲んだ。

何の味もしなかった——。

8

気がつくと、陽子はカウンターのスツールに座っていた。

さっき見た映像と、現実との境界が曖昧《あいまい》で、しばらくはただ呆然としていた。

——今のは、何だったの？

その疑問を抱くのに、ずいぶんと時間がかかった。

「大丈夫ですか？」

才谷が、優しく陽子の肩に手を置いた。

「はい」

「哀しかったんですね……」

そう言われて、陽子は、初めて自分が泣いていることに気付いた。

「はい」

陽子は、返事をしてから、頬を伝う涙を指先で拭《ぬぐ》った。

だが、哀しみはつのるばかりで、いくら拭っても涙が溢《あふ》れ出してくる。

「さっきのが、私の前世なの？」

陽子は、しゃくり上げながらも訊ねた。

「そうです」

「そっか……」

前世を見るなんて、半信半疑だったし、占いの延長線上だと考えていた。だから、大した意味は無いと、期待していなかった。

そんな陽子の予想を裏切り、まるで現実のような光景が目の前で繰り広げられた。そればかりか、映像の中に登場する人物の感情までもが、ダイレクトに流れ込んできた。

体験した今なら、素直に受け容れることができる。

あれは紛れもなく、陽子の前世の記憶だ。

「飛びたかったんだね」

才谷が、窓の外に目を向けた。

空をゆっくりと旋回する、海猫の影が見えた。

「うん」

陽子は、小さく頷いた。

自分の前世は、遊郭の遊女だった。自由になりたかったのに、売られた身である彼女は、閉ざされた世界で生きることしかできなかった。

――いや違う。

たとえ、身体は自由になれなくても、心の中は、自由でいられたはずだ。それなのに、環境に流されるままに生き、未来に希望を見いだすことを止めてしまった。

それが間違いだと気付いたのは、自らの死を悟ってからだった。だから誓ったのだ。生まれ変わったら、自由に飛ぼうと――。

それなのに、現在の自分は忘れてしまっていた。

また、流されるままに生きて、ただ時間を浪費していた。前世と変わらず、できないと諦め、誰かが籠から出してくれるのを待っていた。

　自分で飛び出さなければ、何も変わらないのに――。

「私はね、小さい頃からずっと、絵本が好きだったの。私も、絵本を書きたいって思ってて……こっそり書いたりしてたんだ」

「凄いですね。絵本作家の卵だ」

「そんな大それたものじゃないんです。だって、最初から無理だって決めつけて、賞に応募するわけでも、誰かに読ませるわけでもなく、自分の机の抽斗に仕舞い込んでたんだもん」

　周囲から浮くことを躊躇《ためら》い、結局自分のやりたいことに蓋《ふた》をしていた。

失敗を恐れ、自分の心に嘘をついてきた。だから、居場所が見つからなかったのだ。

「そうか」

「でも、もう自分を仕舞うのは止めにする。前世では、何もできなかったから、今度はちゃんと、外に出してあげるんだ」

　陽子は、強く拳《こぶし》を握った。

　前世の自分は、自由に生きることができなかった。

　狭い籠の中で暮らし、飛びたいと願いながらも安住し、結局できなかったのだ。そうして、死んでいった――。

今の自分は、籠の中にいるわけではない。行きたいところに行けるし、やりたいことがやれるのだ。

「何だか、悔しい……」

口にしたことで、余計にその感情が強くなった。

ブルッと身体が震える。

「何が――ですか?」

問いかける才谷の言葉には、優しい響きがあった。

「だって、生まれ変わったら、自由になるんだって、あんなに誓ったのに、それを全部忘れちゃってたなんて……何で、前世の記憶を忘れちゃうんですか? とても大切なことなのに……」

陽子は、才谷に目を向けた。

彼は、穏やかな笑みを浮かべた。まるで、全てを理解してくれているようだった。

「人はね、忘れる生き物なんだ。現世のことだって全てを覚えてはいられない」

「どうして? 忘れなければ、同じ過ちを繰り返さずに済むじゃない」

「そうかもしれないね。でも、過ちって何だろう?」

「え?」

「それが、過ちかどうかを決めるのは、結局は自分なんじゃないかな」

才谷の言わんとしていることは、感覚として分かる。

「でも……」

「中には、忘れないと、次の人生を生きられない人もいるんだよ」

「忘れなきゃいけないことって、あるの？」

「中には、そういうこともある」

「そうかな？」

陽子には、いまいち納得できなかった。

忘れた方がいいことがあるなんて、それはとても哀しいことだ。

「私は、前世である男に殺されたんだ……」

才谷は、呟くように言った。

――殺された？

思いがけず飛び出してきた生々しい言葉に、陽子は息を呑んだ。

口にした才谷の方は、変わらず笑みを浮かべている。

「それって……本当ですか？」

もし、本当だとしたら、笑って話すことではない。

「うん」

「殺した人を、憎んでいますか？」

「問題は、そこなんだ」

「どういうことですか？」

「だからさ、もし前世で殺されたことを覚えていて、相手も殺したことを覚えていてしまうだろ」

……そんな記憶をお互いに抱えたまま現世で出会ってしまったら、憎しみが連鎖してしまうだろ」

才谷の言うことはよく分かる。

そう考えれば、覚えていない方がいいこともあるだろう。だが――。

「才谷さんは、どうなんですか？」

陽子は、恐る恐る訊いてみた。

その答えを知るのは、とても怖いことだ。だが、同時に、知りたいという欲求も強かった。

「どうとは？」

「もし、前世で自分を殺した人に、現世で出会ったら……」

言いかけたところで、陽子は気付いてしまった。

――人を捜している。

才谷は、そう言っていた。彼が捜しているのは、前世で自分を殺した人なのかもしれない。だから――。

裏口のドアが開き、森川が戻ってきた。

「遅かったですね」

才谷が笑顔で立ち上がり、森川に歩み寄って行く。その姿を見て、陽子の頭に嫌な考えが浮かんだ。

もし、才谷の捜しているのが、森川だったとしたら——陽子は、大きく首を振って、その考えを追い払った。

9

「これで、最後です」

シンクで洗い物をしている森川の許に、陽子が積み重なった食器を運んできた。

「ありがとう」

森川は、礼を言って食器を受け取りながら、小さくため息を吐いた。

「大変でしたね」

陽子が、ふうっと息を吐きながら言う。

「そうだね」

森川は、しみじみと答えた。

シーズンオフは、ペンションをレストランとして開けている。だが、一日に十組来ればいい方だ。

それが、今日は急遽《きゅうきょ》、五十人のパーティーの予約が入ったのだ。

森川は、最初それを断った。五十人など、とても対応できないし、ペンションのラウンジは、カウンターを入れても、三十人ほどが限界だったからだ。

ところが、先方はすでに幾つかの店に断られていたらしく、泣き落としにも近い方法で懇願してきた。

最終的に、立食という形で、受け容れることになったのだ。

「でも、何か久しぶりに楽しかったです」

陽子が、満面の笑みを浮かべた。

「そうか?」

「才谷さんがいてくれて、本当に良かったですよ」

陽子が、ラウンジに目を向ける。

黙々とテーブルを拭《ふ》いている才谷の姿が見えた。

急な予約で人手が足りず、なし崩し的に才谷に手伝ってもらうことになった。まがりなりにも、客である彼に手伝わせることに抵抗を感じたのだが、才谷は「これで、堂々と泊まれます」と、喜んで手伝ってくれた。

才谷の働きぶりは、実に手際が良く、この種の経験があるのでは――と思ってしまうほどだった。

陽子の言う通り、才谷がいなければ、パーティーの対応などできなかっただろう。

「次は、何をしましょう」

テーブルを拭き終わった才谷が、声をかけてきた。

彼に付き従っているミラノが、催促するようにワンと吠える。

「今日は、ここまでにしましょう」

森川は、そう言ってエプロンを外した。

ビュッフェ形式とはいえ、五十人分の料理を一手に引き受けたことで、さすがに疲労困憊《こんぱい》だった。

汚れた食器などは、今日は水に浸けておいて、明日やればいい。

「はーい」

返事をした陽子は、そのまま奥の従業員控え室に引っ込んだ。

「大変でしたね」

才谷がカウンターのスツールに腰掛け、大きく伸びをした。

「本当にすみません。手伝わせてしまって」

「いえいえ。私は無銭宿泊の身ですから……これで、少しは大きな顔ができます」

才谷の意見に同意するように、ミラノがワンと鳴いた。

そう言ってもらえると、森川も少しは気が楽だ。

「珈琲でも淹《い》れましょう」

森川が提案すると、才谷が何かを思いついたように、ポンと手を打った。

「訊きたかったことがあるんです」

「何です？」

サイフォンを準備しながら、才谷の言葉に耳を傾けた。

「森川さんは、どこかで料理を習ったんですか？」

「学生時代、レストランでバイトしてたんです」

「ああ、それで」

才谷は、納得したように頷いた。

「まあ、実際にやってたのは、下ごしらえだけですけどね」

「それだって、経験ですよ」

「そうですか？」

「ええ。森川さんの料理は、下手なレストランより、ずっと美味《おい》しい。今日のお客さんたちも、驚いてましたよ」

ここまではっきり言われると、照れ臭くなってしまう。

返答に困っていると、タイミング良く、従業員控え室から着替えを済ませた陽子が出てきた。

「お疲れさま」

「お疲れさまです」

疲れているはずなのに、陽子の声も表情も明るさに満ちていた。

それを見た森川は、ふと違和感を覚えていた。

陽子は、以前から外向的でよく笑う娘だった。だが、その裏側では、影というか、満たされないが故に生まれる、屈託のようなものがあるかに思えた。

だが、どういうわけか今日の陽子の笑顔には、そういったものが見受けられない。

——何かあったのだろうか？

「才谷さんも。お疲れさま」

「いえいえ。私は、何の役にも立たなかったですよ」

「そんなことないです。結構、様になってました」

「そうかな？」

才谷が照れたように頭をかくと、ミラノがワンと吠えた。

陽子は「じゃあ、また明日」と裏口から出て行こうとしたが、不意に何かを思い出したらしく、慌てて戻ってくる。

「才谷さん」

「はい」

「ちゃんとお礼、言ってなかったですね。ありがとうございます——」

陽子は、腰を折って頭を下げた。

「いえ、お礼を言うのは、私の方です。おかげで、いろいろと分かったこともありますから。やはり、この場所は私の前世にも、関連があるようです」

「そうなんだ……じゃあ、また明日」

改めて言ったあと、今度こそ陽子は帰って行った。

「どうぞ」

森川はドアが閉まるのを待ってから、才谷にでき上がった珈琲を差し出す。

才谷は、一口珈琲を飲んだ。

その途端、何とも言えない渋い顔をする。

「いやぁ、料理は美味しいのに、何で珈琲はこうなっちゃうんでしょう？」

「そんなに不味《まず》いですか？」

「いや、美味《うま》いとか、不味いの次元ではなくて、これは珈琲ではない飲み物なんですよね」

——酷い言われようだ。

森川は、珈琲を飲んでみる。苦味とともに、口の中に珈琲の香りが広がる。

なぜそこまで批判されるのか分からず、森川は首を傾げた。

「どこの豆を使っているんですか？」

才谷が訊ねてきた。

「一応、オリジナルブレンドです。海外から仕入れているんです」

森川は、珈琲豆の入った袋を才谷に渡した。

「もしかしたら、森川さんは、前世でも珈琲に何か特別な思い入れがあるのかもしれませんね」

才谷は、しげしげと珈琲豆の入った袋を見つめながら言う。

彼の言葉を聞き、森川はふとあることに思い至った。

「一つ、訊いてもいいですか？」

「はい」

才谷が笑顔で頷く。

さっき、陽子が出て行くときに、才谷に礼を言っていた。

あのときは、何のことを言っているのか分からなかった。だが、才谷の言った「前世」というキーワードで推測できた。

「彼女にも、前世と称して、催眠術をかけたんですね」

森川が言うと、才谷は心底驚いたように目を丸くした。

——この反応。ただの思い過ごしか？

「まだ、催眠術だと思っていたんですね」

驚きの理由はそこか——。

「他に考えられません」

「まあ、今の森川さんなら、そう思っても仕方ないでしょうね」

落胆したように、才谷がため息を吐いた。

こういう反応をされると、森川の方が間違っているのかもしれない——と不安になってしまう。だが、そんなはずはない。

「あれは、催眠術による暗示です」

「口ではそう言いますが、森川さん自身が分かっているはずです」

「何をです？」

「見たものが、催眠術によってもたらされたものではない——と」

才谷の言葉をきっかけに、昨晩見た幾つかの映像が、頭の中をフラッシュバックする。

彼の言う通り、否定したいのに、否定しきれない自分がいる。だから、陽子が同じ体験をしたのか、気になってしまうのだ。

――ダメだ。流されるな。

「あれは、催眠術です」

森川が首を振りながら断言すると、意外にも才谷は微笑みを浮かべた。

「信じないなら、信じないでも構いません」

「え？」

才谷の返答は、森川の予想外のものだった。

「これは、生き方の問題なんです」

「生き方？」

「ええ。前世の記憶を思い出したからといって、必ずしも何かが変わるわけではありません。それによって不幸になることもありえます。私がそうだった……」

低い声で言った才谷は、酷く哀しい顔をした。

そんな主を慰めるように、ミラノがクーンと鳴きながら、才谷の足に擦り寄った。

――どういう意味だ？

森川が訊ねようとしたところで、カランとドアベルが鳴り、ペンションのドアが開いた。

目を向けると、俯き加減に人が立っていた。

「今夜、泊めてもらいたいのですが……」

陰鬱《いんうつ》な空気を背負ったその人物は、掠《かす》れた声で言った。
なぜだか、森川の心がざわざわと揺れた。

第3章

死への逃避

1

悠人は、海沿いの道を歩いていた——。

奪った車で逃走していたが、ガソリンが尽きてしまった。ガソリンスタンドで給油することも考えたが、警察に追われる悠人にとって、それは自殺行為だ。

仕方なく、途中で車を乗り捨てた。

ふと足を止めて視線を向けると、海の上に月が浮かんでいた。満月にほんの少し足りない。まるで、今の悠人のようだ。

足りない部分。悠人にとって、それは彼女に他ならなかった。

悠人は、大きく息を吸い込み、再び歩き始めた。

——こんなはずではなかった。

その思いが、悠人の心を支配していたが、完全に悲観したわけではない。まだ、希望は残っている。

——彼女はきっと分かってくれる。

悠人は、自らに言い聞かせた。

今までの人生の中で、これほどまでに何かを求めたことはなかった。

父も母も人並みに優しかった。経済的に困窮しているわけでも、取り立てて悩みがあったわけでもない。

傍《はた》から見れば、恵まれた生活だったのかもしれない。

だが、いついかなるときも、悠人の心が満たされることはなかった。

何となく高校に入学し、友人の勧めで特定の女性と交際をして、親の希望に応えて大学に進学した。

どこにでも転がっているような平凡な生活は、悠人にとってリアルではなく、退屈な映画を観せられているような感覚だった。

——何かが足りない。

佐知子との交際も、親しくなる前に、サークル内で噂《うわさ》が立った。

友人にはやし立てられ、流されるままに交際を始めた。だが、そこに現実感は無かった。夢を見ているみたいに、客観的な印象を拭《ぬぐ》えなかった。

だから、悠人は彼女の恋人のふりはしても、愛情を注ぐことができなかった。

「私のこと、好きじゃないでしょ」

そう言った佐知子の言葉に、何も言い返すことができなかった。

まさに彼女の言う通りだったからだ。だが、素直に認めれば、傷つけることになると思い、普通のカップルがやるように、別れ際のごたごたを演じてみせた。

結果として、周囲の人間には、悠人が一方的にふられたように見えたらしく、ずいぶんと同情された。

だが、悠人の中では何も変わらなかった。佐知子がいようがいまいが、満ち足りた気分になることはなかったからだ。

そんな悠人に転機が訪れたのは、佐知子と別れた直後のことだった。バイトの帰り道、悠人はバイクで自損事故を起こした。

気がついたときには、病院のベッドの上だった。事故のときのことは覚えていないが、意識を失っている間に見た夢のことは、はっきりと覚えていた。

悠人は、浜辺に立ち、哀しみに暮れている。

足許には、着物を着た女が血を流して倒れていた。

見たことのない風景、知らない女。それなのに、その夢には、今まで悠人が現実世界の中で得ることができなかった、リアリティーがあった。

それから、毎日同じ夢を見るようになったが、いくら現実味があるとはいえ、夢は夢だと自分を納得させた。

ところが、ある日を境に、考えが一変した。

ネットサーフィンをしていたときに、夢に出てくるのとまったく同じ風景を目にしたのだ。

旅行好きの人がアップしていたブログだった。

――こんなことが、あるのか？

強い衝撃を受けた悠人は、さっそくその浜辺に足を運んだ。

――間違いなく、この場所だ！

歓喜した悠人だったが、同時に疑問が頭を支配した。

――なぜ、行ったこともない場所が夢に出てきたのか？

その答えを見つけられず、もやもやとした感覚を抱えたまま、海沿いを歩いているときに、その土地の小さな民俗資料館を見つけた。

――何か分かるかもしれない。

悠人は、引き込まれるように、足を踏み入れた。

何とはなしに館内を歩き回っていたところ、悠人は思いがけないものを見つけることになった。

一枚の写真だった――。

その写真には、夢に出てくる女性が写っていたのだ。

――彼女は存在した！

驚きのあまり、長い間立ちすくんだ。しばらく放心していたが、落ち着きを取り戻すにつれて、悠人は一つの考えに辿《たど》り着《つ》いた。

——あれは、夢ではなく、前世の記憶だったのではないか？

最初は、半信半疑だった。だが、時間が経つにつれて、それは確信に変わっていった。

悠人は再び足を止めた。

さすがに歩き疲れた。ガードレールに寄りかかり、額の汗を拭う。

足にじんじんと脈打つような痛みがあった。靴を脱いでみると、靴下に血が滲《にじ》んでいた。マメが潰《つぶ》れたのだろう。

空を見ると、いつの間にか白み始めていた。

——少し休もう。

辺りを見回すと、道路の脇に、トタンで作られた小屋が見えた。

錆《さび》だらけで、建物自体が傾いている。おそらく、使わなくなって放置されたものだろう。

扉を開けると、中は空っぽだった。ほこり臭くはあるが、この際、贅沢《ぜいたく》は言っていられない。

悠人は中に入り、腰を下ろしてトタンに背中を預けた。

一気に疲れが押し寄せてくる。

瞼《まぶた》を閉じると、千里の顔が浮かんだ。

彼女を初めて見たのは、数週間前のことだった。

友人に誘われて、あるピアニストの演奏会を聴きに行ったときのことだった。それまで、悠人が聴く音楽といえば、J－POPが中心で、クラシック音楽など、まともに聴いたことはなかった。

漠然と、退屈な音楽という印象を持っていた。

演奏会が始まり、千里がステージに現われた。黒いドレスの胸もとに、紫色の花をあしらい、凛《りん》とした面持ちで歩く彼女の姿は、目を瞠《みは》るほどに美しかった。

女性としてというだけでなく、美術品を見ているような感覚に陥り、目が離せなくなった。月並みだが、雷に打たれたような衝撃だ。

一瞬、頭の中が真っ白になる。

次いで前世の記憶が、次々と浮かんだ。そして、前世の記憶の女と、ピアノを弾く千里が重なった。

――彼女だ！

本能が、前世の記憶が、そう叫んだ。

演奏中に千里の手が止まった。

一瞬の静寂の中、視線がぶつかった気がした。

次の瞬間、彼女は意識を失ったらしく、ステージ上で倒れてしまった。

──大丈夫なのか？

心配はした。だが、同時に悠人の心は歓喜に震えていた。彼女こそ、前世で悠人と再会を約束した女性に違いない。

だが、それはあくまで感覚的なものに過ぎない。確証を得るために、彼女のことを調べ始めた。

千里が掲載された音楽誌や女性誌を読み漁った。

彼女は、インタビューの中で、紫花菜《むらさきはなな》という花が好きだと答えていた。悠人は、花に詳しくないので、どんな花かは知らなかった。

そこで、調べてみた。

紫花菜は、三月から五月末頃に開花するアブラナ科の花で、菫《すみれ》によく似ている、淡い紫色の花だ。

彼女が、演奏会で胸に付けていた花であり、そして、夢の中に出てくる女が持っていた花でもあった。

それだけではない。千里の右目の下には、印象的な泣き黒子《ぼくろ》がある。夢の中に出てくる女性と寸分違《すんぶんたが》わぬ位置だ。

前世を研究している、ある霊能力者によって書かれた本の中に、生まれ変わっても、同じ場所に痣《あざ》や黒子が現われることがあると記されていた。

――やはり、彼女こそが運命の女性だ。

悠人は、そう確信した。

そして千里もそれに気付いたからこそ、演奏中に倒れたのではないか――とすら感じるようになった。

自分は、何としても、もう一度千里に会わなければならない。

そのためには、もう一度あの場所に――。

2

有田は、ベッドの上で目を覚ました。

上質とはいえないが、公園のベンチに比べると、はるかに寝心地は良かった。

窓から、柔らかい光が差し込んでいる。

横になったまま、サイドボードの上に置かれた時計に目を向けると、もう昼過ぎだった。

昨晩、このペンションにチェックインしたのが、夜の十一時くらいだった。

深夜の来訪。しかも、ホームレスに近い状態だった有田は、お世辞にもまっとうな身なりとは言えない。不快な顔をされることを覚悟したが、ペンションのオーナーである森川という男は、躊躇《ためら》うことなく受《う》け容《い》れてくれた。

宿帳を書いたあと、漢方薬のように苦い珈琲を飲まされた。

それから、ユニットバスで久しぶりのシャワーを浴び、ベッドに横になったのが十二時近くだった。

かれこれ十二時間以上も、眠っていたことになる。

こんなにも長い睡眠は、本当に久しぶりだった。公園での浅い眠りとは、大きな違いだ。

ゆっくりとベッドから下りて、カーテンを開けた。

海が見えた。眩《まばゆ》いばかりに輝いている。

浜辺に目を向けると、砂時計に似た大きな岩の傍らに、若い女が立っているのが見えた。何かを慈しむように、岩に手を当てている。

あの若い女にも、ここが思い出の場所なのかもしれない。有田と同じように――。

有田が、最期の場所としてこの地を選んだのは、自分が生まれ育った街だからだ。二度と戻らないと決めていた。

いい思い出なんて、一つも無かった。

だが、自ら命を絶とうと思ったとき、あの海を見ながら死にたいと望むようになったのだから不思議なものだ――。

ふと、脳裏に妻の芳恵《よしえ》と息子の正紀《まさき》の顔が浮かんだ。

妙な感じだった。二人のために頑張ってきたはずなのに、日雇い労働と仕事探しに明け暮れ、公園で身体を休めるような暮らしになってからは、ほとんど思い返すことはなかった。それなのに、死のうと決めてから、二人の顔が頻繁に脳裏を掠《かす》める。

情けないことだが、夫らしいことも、親らしいことも、何もしてやれなかった。

――芳恵と正紀は、自分の死を、どんな風に受け止めるだろう？

いくら考えたところで、その答えを知ることはできない。

ワン、ワン、ワン、ワン！

ドアの向こうで、犬の鳴き声が聞こえた。

――何かあったのか？

有田がドアを開けて廊下を見ると、目の前に黒いラブラドールレトリバーが座っていた。

昨晩もラウンジで見かけた犬だ。

ペンションで飼っているのか、或いは他の客が連れてきた犬だろう。

犬は有田をじっと見つめたあと、もう一度、ワンと吠《ほ》えた。

「なっ、何だ？」

対応に困っているところに、一人の男が歩み寄って来た。

彼も、昨晩ラウンジにいるのを見かけた。サイズが合っていないらしく、袖も裾も丈が短い黒いスーツを着ている。

アンバランスなはずなのに、この男には、妙に似合って見える。

「有田さん……でしたよね」

男は跪《ひざまず》き、犬の首周りを撫で回しながら言った。

「そうだが……」

「初めまして。才谷といいます」

男は、訊ねてもいないのに笑顔で名乗る。

——妙な奴だ。

「何の用だ？」

「夕食の時間を伺おうと思いまして」

才谷は笑顔で立ち上がった。

間近で見ると、かなり上背があり、有田は見上げる恰好《かっこう》になった。

「夕食？」

「はい。何時頃がいいですか？」

「ここは、食事が付くのか？」

「そのようです」

才谷は肩をすくめる。

ずいぶんと、曖昧《あいまい》な言い回しだ。

「ここの従業員じゃないのか？」

「はい。無銭宿泊者です」

「は？」

あまりに滑稽《こっけい》な答えに、有田は顔を顰《しか》めた。だが、男はそんなことはお構い無しに、話を続ける。

「さすがに、ただで宿泊させてもらって、何もしないわけにはいかないので、少しばかり手伝っているというわけです」

「ああ、そうか……」

わけの分からない男に、これ以上付き合うと面倒なことになりそうだ。

有田は、ドアを閉めようとしたのだが、それを阻止するように、犬がドアの隙間《すきま》に入り込んでくる。

「こら。ミラノ。止《よ》さないか」

才谷が、すぐに犬を押さえて窘《たしな》める。

有田は、苦笑いを浮かべ、今度こそドアを閉めようとしたが、才谷が「待って下さい」とそれを阻んだ。

「何だ？」

「夕食の時間を、まだ伺っていませんでした」

「食事はいらない」

有田は、突き放すように言った。

昨晩から何も食べていない。普通なら、空腹を感じるはずだが、そういう欲求がまったく起きなかった。

人が食べるのは、生きるからだ。死のうと決めたのだから、その必要がない。だから、空腹を感じないのだろう。

「本当にいらないんですか？」

「ああ」

「あれですね。珈琲のせいですね」

才谷が含みを持たせた言い方をした。

「は？」

何のことだか分からずに、首を傾《かし》げたが、本当の理由を言うわけにもいかず、「いや、まあ……」と曖昧な答えを返すことになった。

「安心して下さい。珈琲は最悪ですけど、ここの料理は絶品です。私が保証します」

「そうか」

「そうだ。せっかくですし、一緒に食べましょう」

「いや、おれは……」

――強引な男だ。

「そうしましょう。時間は、そうだな……六時でいいですか?」

「それで構わない」

流されるままに、返事をしてしまった。

「じゃあ、六時にお迎えに上がります」

才谷はそう言い残して、犬と一緒に歩いて行った。

有田は、二人が階段を降りるのを見送ってから、部屋のドアを閉めた。

――何だか、妙なことになった。

ベッドに腰掛け、長いため息を吐《つ》いた。だが、考えようによっては、都合がいいかもしれない。

自殺してから、見つからずに何時間も放置されるというのは辛い。才谷が、六時に迎えに来るなら、第一発見者になってもらおう。

時計に目を向ける。あまり時間はない。急いだ方が良さそうだ。

――今から、最後の仕事が待っている。

有田は、カバンの中から便箋とペンを取り出し、大きく息を吸い込んだ。これから、人生最期の言葉を綴《つづ》るのだ。

3

私は、波打ち際に立っている。

真ん中が抉《えぐ》れて細くなった、円筒形の大きな岩が見えた。

寄せる波で、もんぺが濡れてしまった。だが、それも気にならなかった。それほどまでに、夕闇迫る海は美しかった。

海猫が、独特の鳴き声を上げながら、大きく旋回している。

「綺麗だね」

背後から声が聞こえた。

振り返らなくても、それが誰なのか分かっていた。

「そうね——」

私は小さく言う。

本当はすぐに振り返り、彼に飛びつきたい。だが、その思いを胸の奥に仕舞い込み、じっと海を見つめる。

「今日、召集令状が届いた――」

その沈んだ声が、私の胸を深く抉った。

私は、驚きとともに振り返る。

逆光に立つ彼の顔は、黒い影になっていて、はっきりと見ることができない。

「そんなの、嫌だわ」

私は、彼にすがりつく。

喪失感にも似た想いが胸いっぱいに広がり、涙がほろほろと流れ落ちる。

「そんなこと言うなよ。ぼくだって、本当は行きたくない」

「だったら、私と一緒に逃げて」

「そうできたら、どんなに幸せか……」

彼は、そう言って自由に空を飛ぶ海猫を見た。

私も同じように、海猫を見る。

「私……」

「大丈夫。ぼくは、必ず帰ってくる」

「本当に？」

「信じてくれ。必ず生きて帰るから」

「……さん」

私は、絞り出すように、彼の名を呼んだ——。

千里は、はっと目を覚ました。

一瞬、夢と現実の区別がつかなくなり、混乱した。だが、窓から吹き込んでくる潮風で、我に返る。

千里は、バッグを抱えてバスに乗っていた。

平日の昼間の時間帯ということもあり、千里の他に乗客の姿は無い。

窓の外に目を向けると、海が見えた。太陽の光を反射して、眩いばかりに輝いている。

——私は、何をしようとしているんだろう？

千里は自らに問いかけた。

昨日は、大変な目に遭った。いきなり、見ず知らずの男に襲われたのだ。警察は、妄想にとり憑《つ》かれたストーカーの犯行と踏んでいるようだった。

警察がそう判断するのはもっともだし、否定するつもりは無い。だが、千里にはどうしても引っかかることがあった。

原因は、男が見せた写真だった。

浜辺に砂時計に似た岩が立つ風景——千里は、その風景を知っていた。実際に、足を運んだわけではなく、毎日繰り返し見る夢の中に出てくる、あの浜辺だったのだ。

――男がその写真を持っていたのは、単なる偶然だろうか？

そのことが引っかかり、昨晩はろくに眠ることができなかった。朝方まで悩んだ挙げ句、実際に夢に出てくる場所があるのなら、行ってみようと思い立ち、ここまで足を運んだのだ。

こんなことをしてしまうのは、やはり自分の精神がおかしな状態にあるからではないのか――そんな心配もあったが、今は考えるのは止《よ》そう。

やがて、バスは目的の停留所に到着した。

バスを降りた千里は、大きく伸びをしたあと、海に向かって歩き出した。

潮の香りがした。

昔から、好きな香りだった。汚れた心が、洗い流されていくような感覚になるからだ。

白壁のペンションの脇の道を抜けると、海が見えてきた。

シーズンオフということもあり、浜辺に人の姿は無く、寂しく見えるが、その分海の青さが際立っている。

さらに遠くに視線を向けると、砂時計に似た岩が見えた。夢に出てきたあの岩だ。

――あれだ。

あまりにあっさりと見つかったので、何となく拍子抜けする。

千里は、堤防の階段を降り、砂浜に立った。粒子の細かい砂で、ずぶっと足が沈む。

——夢と同じ感触だ。

今まで千里が見てきた夢は、断片的な映像の切り貼りだった。

だが、倒れたあの日から見始めた夢は、足に伝わる砂の感触や、吹きつける潮風まで、はっきりと感じられる。

それだけではない。夢の中に登場する女の感情までもが、流れ込んでくるのだ。

夢というには、あまりにリアルだった。

千里は、砂の感触を確かめるように、ゆっくりと岩に向かって歩みを進める。

——確かにこの岩だ。

夢で見たものと、寸分の狂いも無い。

岩の傍らには、夢と同じように、紫花菜が咲いていた。千里の好きな花である。

千里は岩に触れ、軽く目を閉じてみた。

冷たく固い岩の感触を、掌《てのひら》に感じる。

だが、それだけだった。

ここに来たからといって、何かが変わるなんて思っていなかった。分かっていたはずなのに、ひどく落胆している自分に気付いた。

——私は、何を期待していたのだろう？

「こんにちは」

じっと岩を見上げていると声をかけられた。

そこには、一人の男が立っていた。すらりとした長身で、喪服のような黒いスーツを着ていたが、どういうわけか、サイズが全然合っていない。

シャープな顔立ちをしているが、垂れ目で穏やかな印象のする男だった。毛並みのいい、黒いラブラドールレトリバーを連れている。

近所の人が、犬の散歩でもしているのだろう。

「どうも——」

千里は挨拶《あいさつ》をして立ち去ろうとしたが、男に呼び止められた。

「何かお探しですか？」

男は、千里の顔を覗《のぞ》き込むようにして訊ねてきた。

「いえ、そういうわけではありません。ただ……」

千里は、言いかけた言葉を呑み込んだ。

夢で見た場所を探しにきた——そんな突拍子も無い話を、初対面の男にしたら、気味悪がられるだけだ。

「あなたも、探しているんですね」

男が、千里の考えを見透かしたように言う。

「はい？」

「失われた記憶の欠片《かけら》です」

「どういう意味ですか？」

千里が訊ねると、男が首を傾げた。

「他意はありません。言葉のままです」

男は胸を張る。千里には意味が分からなかったが、彼の犬は、同意するようにワンと吠える。

「実は、私も捜しているんですよ」

男は感慨深げに言いながら、波打ち際に立った。

寄せる波で、踝《くるぶし》のあたりまで濡れていたが、男はそんなことは気にも留めていないようだった。

「何を、捜しているんですか？」

千里は、男の背中に向かって訊ねた。

「人です」

「人？」

「はい。どうしても、会わなければならない人です」

男は、くるりと振り返り、おどけるように両手を広げてみせた。

「会えるといいですね」

「もしかしたら、向こうは私のことを、覚えていないかもしれません。でも、それでもいいと思っているんです……」

男は、小さく首を振った。海に似た色の瞳が、どこか哀しげだった。

「きっと覚えていますよ」

千里の言葉には、何の根拠も無いが、これほど真摯《しんし》な目をする男のことを、相手が忘れるはずがない。

「だといいんですけどね……何せ、最後に会ったのは、ずいぶん昔ですから……」

「そうですか――」

「ええ。生まれる前……つまり前世です」

千里は、言葉を失った。

――また前世。

再び、その言葉を聞くとは思ってもいなかった。

目眩《めまい》がして、身体が揺れた。このまま、ここにいてはいけない――そんな気がして、千里は足早に立ち去ろうとする。

だが、男と一緒にいた黒い犬が、突然千里に飛びついてきた。

あっと思ったときには遅かった。

バランスを崩し、波打ち際に倒れ込んでしまった。

4

遺書

こうなってしまった全ての責任は私にあります。
先立つ不幸をどうかお許し下さい。

芳恵へ
今まで、たくさん苦労をかけてしまった。本当に申し訳なかった。
保険金が下りるはずなので、それでしばらくは生活できると思います。

正紀へ
お前の存在だけが、私の希望でした。志望校に入れてやれず、本当に申し訳なかった。
これからは、私のかわりに母さんを助けていって下さい。
勝手なお願いで、本当に申し訳ありません。

ついていない人生でしたが、芳恵と正紀に会えたことだけは、本当に良かった。ありがとう。そして、さようなら――。


遺書を書き終えた有田は、脱力して椅子《いす》の背もたれに身体を預ける。

時計に目を向けると、すでに四時を回っていた。

想像以上に、時間がかかってしまった。便箋に向かえば、自然と言葉が溢《あふ》れ出てくると思っていた。

心の中は、恨み辛みで満たされているとばかり思っていた。だが、実際に書き連ねたのは、感謝の言葉だった。

有田は、この海辺の街で生まれ育った。

父と母は海苔《のり》の養殖をしていた。正直、生活は苦しかった。それでも、両親は恨みごとの一つも言わず、せっせと働いていた。

有田は、海苔の臭いが染みついた両親を、憐れだと思っていた。

――早くこの海苔の臭いがする家から出たい。

日々、そう思いながら育ってきた有田は、高校を卒業すると同時に上京した。

専門学校に進学したのだ。本当は大学に進学したかった。だが、有田の家にはそんな経済的な余裕は無かった。親の収入が低いせいで、自らの進路が制限されるのは、不公平だと感じたし、両親を恨みもした。

昼は専門学校で勉強し、夜は居酒屋でアルバイトをしながら、学費と生活費を稼ぐ。

――いつか成り上がってやる。

その強い意志で、苦しい生活を耐え抜いた。そうして、専門学校卒業と同時に、保険会社の営業マンとして就職した。

社会人として働き出して、数年経ってから、両親が交通事故で死んだという連絡を、郷里の兄から受けた。

人並みに哀しかったし、いろいろと後悔もあった。だが、一番に思ったことは、両親は幸せだったのか？　という疑問だった。

割に合わない仕事を続けながら、細々と生活する。果たして、そんな生活のどこに幸せがあるのか――。

それを機に、有田は独立することを決めた。

二十代半ばでの独立だ。最初は当然苦労した。だが、サラリーマン時代からの顧客を引っ張ってこられたこともあり、何とか軌道に乗せることができた。

小さいながら事務所を構え、従業員を雇うこともできた。妻の芳恵は、雇用した従業員の中の一人だった。

妙な話だが、面接の段階で、自分はこの女性と結婚するのだという、予感めいたものがあった。

だが、有田からはアプローチしなかった。仕事に夢中で、そんな暇は無かったのだ。一年ほど経ってから、芳恵の方から食事に誘われた。

何を話したのかは、あまり覚えていない。だが、彼女の服装だけは、印象に残っている。

紺のスカートに、白のブラウスというシンプルな出で立ちだった。有田には、それが魅力的に映った。

それから間もなく交際が始まり、結婚まではトントン拍子だった。

子どもが生まれ、満たされた生活だった。不動産や株にも手を出し、仕事の規模を拡大して順調に進んでいた。

そんな状況が一変したのは、三年前だった。

不況の煽《あお》りを受けたのだ。経営が悪化したが、それは一時的なものだと踏んでいた。

――読みが甘かった。

有田がそれに気付いたときには、すでに手遅れだった。

経費を極限まで減らし、人員も削減したが、それでも不動産や株の損失を補填《ほてん》することはできなかった。

瞬《また》く間に倒産へと追い込まれた。

四十を過ぎてから、就職活動に明け暮れることになったが、自らの会社を倒産させたような男を雇う会社は無かった。

有田は、やむなく日雇いの肉体労働のバイトで生活をつないだ。だが、無理がたたったのか、椎間板《ついかんばん》ヘルニアを患《わずら》い、余計に再就職が難しくなった。

妻の芳恵もパートに出たが、焼け石に水で生活が改善されることはなかった。

一人息子の正紀は、海外への留学を希望していたのに、叶えてやることはできなかった。

あれほど嫌だったはずの両親と同じように、自分も息子に何もしてやれなかったのだ。

――情けない。

きっと有田の両親も同じことを思っていたのだろう。そのときになって、ようやく親の気持ちが分かった。自分は何と無慈悲な言葉を両親に浴びせたのか。

後悔しても、もう遅い。謝るべき両親はすでにいない。

せめて息子の正紀に詫《わ》びようと思った。だが、彼は有田を責めようとはしなかった。

「仕方ないよ」と静かに言い、自らの願いを心の底に沈めたのだ。

自分などより、はるかに大人だった。

だが、それが余計に辛かった。親として、自らの不甲斐なさを責め続けた。

不運は、まだ終わらなかった。

飲食店を経営していた兄が、借金を作って夜逃げしたのだ。

有田は、羽振りが良かった頃に、借金の連帯保証人に名を連ねていた。そのせいで、借金取りが来るようになってしまった。

芳恵の店にまで借金取りが押しかけるようになり、彼女はパートを解雇されてしまった。

有田は断腸の思いで住んでいたマンションを売り、借金を完済したものの、住む場所を失い、芳恵には、正紀を連れて彼女の実家に戻ってもらうことになった。

「一緒に田舎で暮らそう」

芳恵はそう言ってくれた。だが、有田にも意地があった。

もう、こんな惨めな思いはさせたくない。芳恵と正紀に不自由の無い生活を送らせてやりたい。

そうでなければ、今まで何のために頑張ってきたのか、分からなくなる。

「いつか、呼び戻すから」

有田はそう誓って、東京に残り、必死に職を探し続けた。

だが、それは無謀な挑戦だった。アパートを借りる金も尽き、最近では公園で寝泊まりをするようになった。

気がつけばこのざまだ――。

かつての部下だった大竹に会ったことで、立ち直りのきかないところまで、落ちていることを再確認した。

死にたいと思ったが、踏ん切りがつかなかった。そんな有田の迷いを払拭《ふっしょく》したのが、生命保険の存在だった。

会社を経営していた頃、保険金を前払いするタイプの生命保険に加入していたことを思い出した。

免責事項を改めて確認すると、自殺でも保険金が下りることが分かった。五千万円だ。

それだけあれば、芳恵と正紀の生活は安定するだろう。

自分の転落人生に付き合わせてしまった、せめてもの罪滅ぼしのつもりだった。

有田は、便箋を白い封筒に入れ、テーブルの上に置いた。

5

「何これ！　どういう状況？」

陽子には、既視感を覚えながら声を上げた。

散歩に行くと言っていた才谷とミラノが戻ってきたのだが、その傍らには一人の女性が立っていた。

ケガをしているのか、額にガーゼを貼っているが、綺麗で品のある女性だった。右目の下の、泣き黒子が印象的だ。

そして、どういうわけか、全身びしょびしょに濡れている。

「本当に面目ない……」

才谷が、照れ臭そうに頭をかいた。

「全然、説明になってない。この人は誰？　何で、濡れてるわけ？」

「そんなに責め立てたら、説明もできないだろ」

厨房から、森川が出てきた。

「だって……」

陽子は、口を尖《とが》らせる。

「で、何があったんです？」

森川は、女性にタオルを渡し、一旦落ち着いたところで、改めて訊ねた。

「ミラノが、たまたま波打ち際にいた彼女に、じゃれようとしたんです」

「それで、倒れ込んだ……というわけですね」

「まあ、そんなところです」

才谷が言うのに合わせて、ミラノがワンと吠えた。

なぜか、その顔が誇らしげに見えた。

「災難でしたね」

森川が、穏やかに女性に微笑《ほほえ》みかけた。

それを受けた女性は、少しはにかんだように笑みを浮かべる。

二人の姿を見て、陽子の胸にぎゅっと締め付けられるような痛みが走った。

——何だろうこの感じ。

「このままだと、風邪ひいちゃいますね」

陽子は、話を進めることで、自分の胸の内に芽生えた感情を追い払った。

「そうだね。着替えてもらいたいところだけど……」

森川が顎《あご》に手を当てる。

「私のがあります」

陽子は、手を挙げながら言う。

ジーンズとTシャツというラフなものだが、何かあったときの替えとして、従業員控え室に、置いてある。

「取《と》り敢《あ》えず、それでいいですか?」

「ありがとうございます」

森川が言うと、女性は丁寧に頭を下げた。

たったそれだけの動作なのに、見とれるほどに美しかった。

「陽子ちゃん。お願いできるかな」

「はーい。取り敢えず、浴室にご案内します」

女性を連れて浴室に行こうとしたところで、森川が「あ、ちょっと……」と声をかけてきた。

「何です？」

振り返ってみたが、森川の視線は陽子ではなく、女性に向けられていた。

――私じゃないのか。

いつもは気にならない些細《ささい》なことが、やけに引っかかる。

「お名前」

森川が、ポツリと言った。

「え？」

女性が、少しだけ驚いた顔をしている。

「あなたのお名前を、訊《き》いていませんでした」

――名前、訊くんだ。

たったそれだけのことが、気になった。

「千里といいます。三浦《みうら》千里です」

名乗ったあとに、千里は満面の笑みを浮かべた。頬に浮かんだ笑窪《えくぼ》が、かわいらしかった。

「千里さん――いい名前ですね」

森川の言った言葉が、陽子の胸をかき乱す。

社交辞令なのは分かっている。でも、陽子が名乗ったとき、森川は褒めてはくれなかった。

「みなさんのお名前も、伺ってよろしいでしょうか？」

千里は「みなさん」と言いつつ、その視線は森川に向けられていた。

森川と会話していたのだから、別におかしいことじゃない。分かっているのに、何でこんなに気になるんだろう。

「私は、才谷梅太郎です」

手を挙げて真っ先に名乗ったのは、才谷だった。

「才谷さん」

千里が復唱する。

「で、あなたをずぶ濡れにしたのが……」

「ミラノちゃんですよね」

そう言って、千里はミラノの頭を撫でた。

ミラノは、自分のしでかしたことをすっかり忘れているのか、顔を寄せてクーンと甘えた声を上げる。

「よくご存じですね」

驚いたように言ったのは才谷だった。

「そう呼んでいらっしゃいました。あ、でも、ちゃんではなく、君なんです」

「そうでしたね。ゴメンね」

千里は、もう一度ミラノの頭を撫でたあと、森川に向き直った。

二人の視線が交錯する。

「この人は、森川誠一郎《せいいちろう》。このペンションのオーナーです」

陽子は、森川が名乗るより先に口にした。

森川は特に気にした風でもなく、「どうも」と軽く会釈《えしやく》をする。

「あなたは？」

千里が陽子に視線を向けた。

少し茶色がかった瞳は、とても温かく、心が溶け出していくような気がした。

「平井《ひらい》です」

「下のお名前は？」

「陽子……そんなことより、風邪ひいちゃうから、早く行きましょう」

言うなり、陽子は千里を案内して歩き出した。

――私は何でこんなに動揺してるんだろう？

考えてみたが、答えは出なかった。いや違う。本当は、その答えを認めるのが、怖いだけだ。

自分の心に素直に、自由に生きようと決めたのに、いろいろ上手くいかない。

「……は……が、好きなのね……」

不意に千里が言った。

はっきりとは聞こえなかったが、何かとても大事なことを言われた気がして、陽子の心臓は飛び跳ねた。

「な、何です？」

怯《おび》えを隠しながら、訊き返す。

「何でもない。気にしないで……」

千里は笑顔で首を振った。

6

有田は、遺書をサイドテーブルの上に置いたあと、部屋を見回した。

漠然と首を吊ろうと考えていたが、このペンションの部屋には、紐《ひも》をくくる鴨居のようなものが無かった。

カミソリで手首を切るといった、別の方法も考えてみたが、あれは成功率が低いと聞いたことがある。

せっかく覚悟の自殺をしても、失敗したのでは意味が無い。

——どうする？

考えを巡らせながら、部屋の中をウロウロと歩いていた有田は、思わず笑ってしまった。

勢いだけで、先のことを考えていない。こういう計画性の無さが、現在の状況を生み出したのだと、今さらのように思い知らされる。

そういえば、大竹にも「目先のことではなく、十年先のことを考えるべきです」と意見されたことがあった。

やはり、彼の方が正しかった。

負けは認めるが、だからこそ、最後くらいは何があろうとやり遂げなければならない。

「あった」

しばらくして、有田は天井近くの壁にある、通風口に目をつけた。

長方形の穴が開いていて、そこに鉄の格子が嵌《はま》っている。

有田は、椅子を壁際に移動させ、その上に立ち、通風口を確認する。

高さは大丈夫そうだ。次に、格子を引っ張ってみた。思ったより頑丈そうだ。体重がかかっても、持ちこたえられるだろう。

ここに紐をかけて、椅子を蹴《け》れば完璧だ。頭の中でシミュレーションをしたあと、一度椅子を下りた。

カバンの中から、用意してきたビニール紐を取り出そうとしたが、奥に入っているのか、なかなか見つからない。

苛立《いらだ》つ有田の手に、手帳が触れた。

引き寄せられるように、手に取り開いてみる。

妻の芳恵からプレゼントされたビジネス手帳だった。十年使えるぶ厚いものだ。

最初のページから、書き込まれた予定で真っ黒になっていた。忙しくはあったが、充実した毎日だった。

あの頃は「休みたい」と、盛んに口にしていた。だが、本当に休みたかったわけではない。休みが無いことをアピールすることで、自分が優秀な人間であると、再確認していたに過ぎない。

――愚かだったな。

ページをめくっていくと、次第にその予定は減っていき、ついには真っ白になった。もう手帳が、予定で埋まることはない。自分の人生は、真っ白なんだ。

有田は手帳を閉じた。

その拍子に、手帳の間から、写真がひらひらと舞い落ちる。

それは家族で撮影した写真だった。十数年前のもので、息子の正紀はまだ三歳かそこらで、有田も芳恵も今よりずっと若かった。

家族で動物園に行ったときのものだ。

思えば、家族での遠出はこれが最後だったかもしれない。

「本当に何もしてやれなかった……」

改めてその思いがこみ上げ、有田の目から涙がこぼれ落ちた。ずっと仕事ばかりで、家族のことなど、二の次だった。その結果がこれだ――。

だが、自分が死ぬことで、最後の最後に、保険金を残すことができる。

有田は、腕でゴシゴシと涙を拭い、大きく深呼吸した。

改めて死ぬ決意が固まった。

カバンの底から、やっとのことでビニール紐を見つけ出し、椅子の上に立った。

紐を通風口の格子に通し、長さを調節してから首に巻き、外れてしまわないように、固く強く結びつける。

家族写真をワイシャツの胸ポケットに押し込んだところで、重大なミスに気付いた。

有田の視線の先には、ドアが見えている。これではダメだ。故郷の海を見ながら死にたいと、わざわざここまで足を運んだのに、これでは意味が無い。

「まったく……」

とんでもないドジを踏むところだった。

首のビニール紐を外そうとしたが、固く結び過ぎていて、なかなか上手くいかなかった。

仕方なく、はさみで切ることにした。

紐が取れたところで、窓とカーテンを開け、椅子の向きを変えてから、もう一度首吊りの準備をする。

首に紐を巻き、椅子の上に立ったときには、かなり疲弊していた。

だが、窓から見える海は綺麗だった。

夕陽に照らされ、海は真っ赤に染まっていた。

吹き込んでくる、潮の香りがする風が、とても心地好かった。

有田の網膜に、海を眺めている芳恵の背中が見えた。

このペンションに来たのは、実は今回が初めてではない。二十年ほど前に、妻の芳恵と一緒に足を運んだことがあった。

――あなたの故郷が見たい。

芳恵にそうせがまれてのことだった。だが、実家はもう無く、海沿いのこのペンションに宿泊したのだ。

あのとき、彼女は窓際に立ち、飽きることなく海を見つめていた。

「いつまで見てるんだ?」

有田が声をかけると、芳恵は振り返って「あなたは、ここで育ったのね」と、穏やかな笑みを浮かべた。

とても美しかった――。

この女性と一緒にいられるなら、自分は何を失っても構わない――あのとき、そう思った。だからプロポーズしたのだ。

そして、息子の正紀が生まれた。

家族に恵まれたという意味では、有田の人生は幸せだった。

「ありがとう……」

有田は呟くように言ったあと、椅子を蹴った。

ガタン！

大きな音がして椅子が倒れ、身体が重力に従って落下する。

――これで死ねる。

7

「彼女も、この地に引き寄せられたんですね」

森川がサイフォンで珈琲を淹《い》れていると、才谷がカウンターに頬杖をつきながらポツリと言った。

何が嬉しいのか、ニコニコと笑っている。

「引き寄せられた？」

「もしかしたら、あの岩には、そういう引力のようなものがあるのかもしれません」

「何の話です？」

森川は、一瞬手を止めて訊ねた。

「気にしないで下さい。独り言のようなものですから」

毎度のことではあるが、才谷の言葉は、要領を得ない。

だが、それに対する苛立ちはなかった。才谷なら、仕方ないか――と思わせる、独特の空気を持っていた。

「森川さん。もしかして、珈琲淹れてます？」

戻ってきた陽子が訊ねてくる。

「うん。彼女、ずぶ濡れだったし、身体が冷えているだろうから――」

「珈琲飲ませたら、嫌われちゃうと思いますよ」

「どういう意味？」

「別に」

陽子は、才谷と並んでカウンターに頬杖をついた。

才谷は笑顔だが、陽子の方は、何が気に入らないのか、仏頂面だ。その対比がおかしくて、森川はふっと頬を緩めた。

「何がおかしいんですか？」

陽子が、顔を上げる。

「いや、何でもないよ。それより、何を怒ってるんだ？」

森川が訊ねると、陽子は苦虫を噛《か》み潰《つぶ》したような顔をする。

「怒ってません」

「ぼくには、怒ってるように見えるけど……」

「勘違いです。あっ、そうだ、客室の整理をしなきゃ」

まるで逃げるように、陽子はカウンターを離れ、階段を駆け上がって行った。

——何かあったのかな？

「人って不思議ですよね」

陽子の背中を見送りながら、才谷がポツリと言う。

「何がです？」

「自分では、こういう人間だと思っていても、実際には違ったりします」

「そうですか？」

「ええ。たとえば、そうだな……今まで友だちだと思っていた女性がいるとします」

「ええ」

「そう思っていたのに、ある日突然、その女性を好きだって気付くこともあるでしょ」

森川自身、そういう経験は無いが、感覚としては理解できる。だが——。

「それが、どうしたんですか？」

「今の彼女がそれです。今まで、自分では思いもしなかった感情が、降って湧いてきたんです。それを整理できず、戸惑っているんです」

「どういうことです？」

抽象的過ぎて、森川には理解できない。

「森川さんは、鈍感です」

「否定はしませんけど……答えになってません」

才谷は、森川の言葉に答える気は無いらしく、鼻歌などを歌い始める。

——本当に、分からない人だ。

森川は、苦笑いを浮かべながら、サイフォンの珈琲をカップに注いだ。タイミング良く、着替えを済ませた千里が姿を現わした。

ジーンズにTシャツというシンプルな恰好だが、千里の美しさをより引き立てているように見えた。

「何から何まで、すみません」

千里は、丁寧に腰を折って頭を下げる。

「とんでもない。悪いのは、こちらですから」

「そんな……」

「それより、珈琲を淹れたんです。いかがですか?」

「いただきます」

千里は笑顔で応じ、カウンターの隅にあるスツールに腰掛けた。

森川は、彼女の前に珈琲をそっと置いた。

「ありがとうございます」

小声で言ったあと、千里はゆっくりと珈琲を飲んだ。

一瞬にして、彼女の形のいい眉が歪《ゆが》んだ。

「不味《まず》いでしょ」

才谷が、千里に同意を求める。

だが、彼女はどう答えていいのか分からないようで、口を押さえたまま困惑している。

「すみません。お口に合いませんでしたか？」

森川は、水の入ったグラスを千里に差し出した。

「確かに、少し苦いですね」

千里はグラスの水を一口飲んでから言った。困惑の表情は消え、笑顔を浮かべてくれたことにほっとする。

「こちらには、旅行か何かで？」

森川は、珈琲カップを下げながら、何の気なしに訊ねた。

「旅行といえば、旅行です……」

千里は少しだけ目を伏せた。

女性が、一人でこんな場所にいるのだ。何か特別な事情があるのかもしれない。不用意に訊くべきではなかった。

反省する森川を余所《よそ》に、才谷がずいっと身を乗り出した。

「彼女も、探しているんです」

唐突な才谷の言葉に驚いたのは、森川だけではなかった。

千里も、はっと顔を上げる。

「私は何も……」

「あなたが気付いていないだけです」

才谷は千里の言葉を遮って断言する。

そう言われて、返す言葉が見つからないのか、千里は苦笑いを浮かべた。

「すみません。余計なことを訊いてしまいましたね」

発端は、森川だ。気まずい空気を振り払うように言った。

「いえ、いいんです。本当は、何かを探しているのかもしれません……」

千里は、囁《ささや》くように言って窓の外に目を向けた。その表情は、どこか儚《はかな》げで、今にも消えて無くなりそうに見えた。

「何を……」

言いかけた森川の言葉を遮るように、ガタンッと何かが倒れるような大きな音がした。

ミラノがワン、ワンともの凄《すご》い剣幕で吠え始める。

才谷は、何かを感じ取ったらしく「大変だ」と声を上げると、ミラノと一緒に勢い良く走り出した。

——何があったんだ?

森川は、千里と顔を見合わせたあと、引《ひ》き摺《ず》られるように、あとを追った。

ラウンジを抜けて階段を駆け上がる。

二階に上がると、有田という男性が宿泊している部屋の前で、ミラノがぴょんぴょんと跳ねながら、ドアを爪でひっかく。

「何があったんですか？」

「急がないと」

才谷は、訊ねる森川を無視して、部屋のドアを開けた。

中を見た森川は、思わずぎょっとなった。

8

有田は、愕然《がくぜん》とした。

椅子を蹴り、落下と同時に首にビニール紐が食い込み、そのまま死ぬはずだった――。

だが、どういうわけか、床に足が着いてしまった。

「なぜだ？」

視線を上げると、ビニール紐がたわんでいるのが見えた。

椅子の向きを変えたとき、慌てたせいで、かけ直したビニール紐の調節を誤ってしまったようだ。

――何たる失態。

やり直そうとしたところで、ワンワンと犬の吠える声がした。

「何だ？」

有田が視線を向けるのと同時に、ドアが開いた。

そこに立っていたのは、サイズの合わないスーツを着た男。才谷だった。

目が合った。

「なあんだ。失敗しちゃったんですね」

状況を察したらしく、才谷が笑みを浮かべながら言った。

「うるさい！　出て行け！」

恥ずかしさと、不甲斐なさに対する怒りとがごっちゃになり、有田は感情を爆発させた。

「そういうわけにはいきません」

毅然《きぜん》とした態度で部屋に入ってきたのは、ペンションのオーナーの森川だった。

「出て行けと言っているのが、聞こえないのか！」

力一杯叫んではみたが、それでも森川は怯《ひる》まなかった。それどころか、さっきより強い視線で有田を睨《にら》む。

信念に裏打ちされた強い眼光に、有田は一瞬だけたじろいだ。

「自殺なんて、バカなことを……」

そのひと言で、有田が抱えていた怒りが、再び強い熱を持った。

「何がバカなことだ！　何も知らないくせに！　おれは、死ぬしかないんだ！　世の中にはな、死ぬという選択しかできない人間もいるんだ！」

今まで、有田はがむしゃらに生きてきたつもりだ。

その結果、落ちるところまで落ちてしまった。もう、再起は図れない。せめて、家族のために、自分の命を金に換えようとしているのだ。

最後の罪滅ぼしだ。それすら否定されては、有田が今まで何のために存在してきたのかすら、分からなくなる。

「死にたくないのに、死んでいった人もいるんです。それなのに、あなたは、そんな勝手を言うんですか？」

「綺麗事を……」

「あなたに分かりますか？　生きたいのに、死んでいった人の無念が……救いたいのに、救えなかった人の気持ちが……分かりますか？」

森川の目は、少し潤んでいるようだった。

彼に何があったのかは分からない。だが、その言葉には、有田の感情を鎮めるだけの力があった。

「少し、落ち着きましょう」

間に入ってきたのは、才谷だった。

彼は、穏和な笑みを浮かべたまま、有田の前に歩み寄り、ビニール紐の結び目を解いていく。

——止めろ！

心は抗《あらが》っているのに、なぜか身体が動かなかった。

「あなたは、本当は生きたいんでしょ」

才谷が、静かに言った。

心の一番深いところに、言葉が突き刺さる。

「ち、違う。おれは……」

「違いませんよ。あなたは、死にたいなんて、思っていない」

「違う！　おれは、死にたいんだ！　関係ない奴が、偉そうに言うな！」

自分の想いを否定されたことで、沈んでいた熱い感情が、一気に噴き上がり、自分でも制御できなくなっていた。

有田は、身体をめちゃくちゃに動かし、才谷の腕を振り払う。

「落ち着きましょう」

「うるさい！　触るな！」

感情の歯止めがきかなくなった有田は、枕やスタンドライトなど、部屋の中にあるものを手当たり次第に才谷や森川に投げつけ、自分でも判別不明の咆哮《ほうこう》を上げた。

――もう、何もかもが嫌だった。

全てを壊してしまいたい気分だった。

何よりも、自分自身が、このまま消えて無くなればいいのに――そう思った。

暴れ過ぎたせいで、息が切れ、動きが鈍くなる。

舞い上がる埃《ほこり》の向こうに、才谷と森川が立っていた。二人の目を見ていると、力が抜けていくようだった。

だが、今さら死ぬのを止めるわけにはいかない。

――何としても死ぬんだ！

こうなれば意地だ。

有田は、窓から飛び降りようと、くるりと背を向けた。その刹那《せつな》、黒い犬が有田に突進してきた。

突然のことに、反応が遅れた。

犬に体当たりをされ、有田はバランスを崩す。

そのまま床の上に倒れ、頭を強く打ち、意識が飛んだ――。

9

必要書類に記載した汐見は、警察署の裏手にある駐車場に案内された。

そこにあったのは、紛れもなく奪われたＢＭＷだった。

「乗って帰っていいんですか？」

汐見は、案内してくれた警察官に訊ねた。

「はい。鑑識は終わってますから、問題ありません。ただ……」

「何です？」

「ガソリンが切れています」

警察官のひと言で、汐見は合点がいった。

盗まれた車が発見された――と警察から連絡があったのは、今朝のことだった。しかも、都内ではなく、汐見の病院から一〇〇キロ近く離れた隣県の海岸沿いに乗り捨てられていたのだという。

――なぜ、そんなところに？

それがずっと疑問だったが、ガソリン切れで乗り捨てたということのようだ。

「必要でしたら、近くのガソリンスタンドの連絡先をお教えしますよ」

丁寧な口調で警察官が言った。

それはありがたい。電車を乗り継いで到着したばかりの汐見には、この辺りの土地鑑がない。ガソリンスタンドを探すだけでひと苦労だ。

さっそく、警察官から教えてもらったガソリンスタンドに連絡を入れ、給油を頼んだ。

警察官は、さっさと引き揚げるかと思ったのだが、見送ってくれるつもりらしく、その場に立っていた。

「しかし、犯人は、何でこんなところに来たんですかね？」

汐見は時間潰しのつもりで訊ねた。

本心で言えば、捕まってさえくれれば、その目的などはどうでも良かった。

「それが、悩みどころでして……」

「目星はついていないんですか？」

「いや、それが……この近所に、親類がいるわけでもないようなんです」

「何も考えずに、無我夢中で逃げたということですかね？」

「その可能性が高いとみて、捜査を進めております」

そんな話をしているうちに、ガソリンスタンドの給油車が到着した。ガソリンを入れてもらい、エンジンをかける。

車自体に問題は無さそうだ。

汐見は、警察官とガソリンスタンドの店員に礼を言ってから、車を発進させた。すでに陽は沈み、辺りは暗くなり始めていた。

高速道路を使えば、二時間ほどで帰ることができるだろう。

ナビに従って車を走らせていた汐見だったが、ふとあることに思い至った。

調査報告によれば、あの男が現在生活しているのは、この辺りのはずだ。道路沿いのコンビニの駐車場に一度車を停める。

カバンの中から、報告書を取り出し、その住所をナビに登録してみる。

三十分ほどの距離のようだ。

――おれは、何を考えているんだ?

汐見は自問した。だが、答えは返ってこなかった。

シートにもたれて目を閉じると、あの日のことが脳裏を過《よ》ぎった。


「どういうことか、説明して下さい」

彼は顔を紅潮させながら、汐見に詰め寄ってきた。

汐見は、その剣幕に少しばかり動揺した。これほどまでに、感情を表に出した彼を初めて目にしたからだ。

「何に対しての説明だ?」

汐見が訊ねると、彼はギリギリと歯軋《はぎし》りをした。

――分かっているだろ！

そう責め立てるような視線だった。だが、汐見には彼の怒りの原因が分からなかった。

「あれは、うちの医療過誤です」

「ああ、あれか……」

汐見は、脱力してソファーに深く身を沈めた。

これだけ怒っているのだから、どんな大事件かと思ったが、実に些末《さまつ》なことだ。

一ヶ月ほど前に、七十歳の女性が癌《がん》の摘出手術中に亡くなった。初期の胃癌で、簡単な摘出手術の予定だった。

遺族側は、医療過誤だと訴えを起こし、マスコミがそれに便乗して騒ぎになった。

「なぜ、正式な発表をしないのですか？」

「分かるだろ」

「分からないから、訊いているんです」

こんな発言をするとは、この男は、医者としての腕は一流だが、経営者としての才覚は無いようだ。

汐見は落胆とともに、ため息を吐いた。

医療過誤が騒がれた段階で、汐見は対策委員会を設置し、遺族への対応と、調査を行うことにした。その担当者が彼だった。

医療技術があっても、それだけでは病院の中で出世することは難しい。将来を期待する彼に、経営を知ってもらう意味もあって、担当者に抜擢《ばってき》したのだ。

だが、クソ真面目《まじめ》な彼が上げて来た報告は、病院側の医療過誤を全面的に認めるものだった。

汐見は、即刻握り潰し、病院側に非がなかった旨の調査結果報告を提出した。

もちろん、厚生労働省側の調査委員会も丸め込んである。それで、この件は終わりだった。

「君は、病院を潰したいのか？」

汐見が問うと、彼は苦い顔をした。

彼だって分かっているはずだ。病院側の非を認めれば、賠償やイメージダウンで大きな打撃を受ける。

病院不足が騒がれる中、今回の一件で病院の経営が悪化し、撤退などということになれば、地域にとっても大きなマイナスだ。

それを分かっているから、厚生労働省側も黙認することにしたのだ。

「しかし、真実は明らかにするべきです」

「それが病院を潰すことになると言っているんだ！」

汐見は声を荒らげた。

たいていの人間はそれで大人しくなる。汐見に逆らえば、この病院ではやっていけなくなることが分かっているからだ。

だが、彼は臆さなかった。汐見を見据える目には、侮蔑《ぶべつ》の色が強く滲んでいた。

「人殺し……」

彼はボソリと言った。

「何だと？」

「遺族からは、そう言われました……」

強く握られた彼の拳《こぶし》が、微《かす》かに震えていた。

「青いな……」

医者をやっていれば、そういう言葉は何度となく浴びせられる。汐見自身、何度言われたか知れない。

今回の一件にしても、担当医が手を抜いたわけではない。全力で手術に臨んだが、結果としてミスが起きた。

だが、患者やその遺族は、それを分かろうとしない。結果だけを見て、ああだこうだと騒ぎ立てる。

「……しまえばいい」

彼は、絞り出すように言った。

「聞こえん」

「人の命を救うのが病院です。それを軽んじるような病院なら、いっそ潰れてしまえばいいと言ったんです」

「いつ、人の命を軽んじた？　私は、一時たりとも、医者としての本分を忘れたことなど無い！」

汐見は吐き捨てた。

その言葉に嘘《うそ》は無い。汐見は、医者として命を軽んじたことなど、ただの一度も無い。だが、どんなに頑張っても、人がやっている以上、ミスは起こるものだし、救えない命はある。

現場に立っていた頃、汐見は救えない命を目《ま》の当たりにして、何度も悔し涙を流した。医者は、そこで立ち止まることはできない。救えなかった命の代わりに、別の命を救うことでしか、償えないのだ。

だからこそ、今回のようなケースで、二の足を踏むわけにはいかない。

汐見の選択は、そのためのものだ。だが、それは彼には理解できないようだ。

名プレーヤーが必ずしも名監督とは限らないように、医療の現場での手腕と、経営の手腕は別のものということだ。

「今すぐ、真実を明らかにして下さい」

「できない」

汐見は断言した。

調査結果を報告したあとで、やっぱりあれは過ちでしたなどと発表すれば、それこそマスコミの餌食《えじき》にされる。

信用の失墜は避けられない。失うものが、あまりに多過ぎる。

「人が死んでいるんですよ。われわれのミスで」

「知っている」

「だったら……」

「病院を守るためだ」

「病院？　あなた自身の地位を守るためでしょ」

彼の放ったひと言で、堪忍袋の緒が切れた。

まさか、彼がそんな風に考えているとは、思ってもみなかった。汐見が守ろうとしたものは、断じて自身ではない。

「口を慎め！　誰のおかげで、お前はここまで来られたと思っている？」

「後悔しています。あなたは医者ではない」

「貴様！　もういっぺん言ってみろ！」

気がついたときには、怒声を上げていた。

彼のひと言は、汐見の今までの人生を全否定するに等しい言葉だった。

「あなたは、命の大切さが分かっていない。そんなのは、医者じゃない」

「分かっているさ。分かっているから、こういう判断をしている」

「嘘だ。あなたは、人の命に優劣をつけている」

「それがどうした」

「え？」

「人の命は、平等ではないんだ」

汐見自身が、本気でそんなことを思っていたわけではない。

感情的になり、歯止めがきかなくなった。売り言葉に買い言葉というやつだ。

「失望しました――」

「何とでも言え。これが現実だ」

「そんな現実……」

彼は、言いかけた言葉を呑み込んで部屋を出て行った。

汐見は、自分の考えが間違っているとは思わなかった。病院を守るためには、やむを得なかったのだ。

経営者として、当然の判断をしたまでだ。そう思っていたはずなのに――。

彼の背中を見送りながら、汐見は心が軋む音を聞いた。

——お前が、羨《うらや》ましいよ。

だが、汐見はその言葉をすぐに振り払った。自分は間違っていない——改めて言い聞かせる。

「私は間違ってない」

呟いたところで、はっと我に返った。

10

有田は、ゆっくりと目を開けた。

蠟燭《ろうそく》の小さな炎が、ゆらゆらと揺れていた。その頼りない光に照らされ、ゴツゴツとした岩肌が見えた。洞窟のような場所らしい。

湿度が高く、じめじめしていて、身体に汗がまとわりつく。その上、魚の腐ったような臭いが充満していて、居心地が悪い。

よく見ると、有田の他にも数人の男たちの姿があった。

ある者は、頭に包帯を巻き、ある者は、腕から血を流し、みな満身創痍《そうい》の状態だ。

——ここは、どこなんだ？

有田は、ゴホゴホとむせ返りながら、身体を起こそうとした。だが、身体が痺《しび》れてどうにも動かない。

「まだ、じっとしてた方がいい」

聞き覚えのある声がした。

男が、有田の顔を覗き込んでいた。顔は煤《すす》で真っ黒に汚れていた。

「誰だ……」

有田は訊ねた。

「何だ。友の顔も忘れちまったのか？　竹地《たけち》だよ」

竹地と名乗った男は、穏やかな笑みを浮かべた。

──竹地？

言われてみると、不思議とそうであったような気がしてくる。

浜辺を、棒を持って駆け回る少年二人の姿が浮かんだ。砂時計に似た岩の周りを、ぐるぐると走り回っている。

幼い頃の記憶なのだろうが、いつだったのかはっきりと思い出せない。

「すまなかった──」

「何がだ？」

「こんな場所では、ろくな治療もできない」

竹地が、苦虫を嚙み潰したみたいに顔を顰《しか》める。

――治療？

自分は、どこもケガをしていないはずだ。そう思うと同時に、腹に熱をもった痛みが広がっていく。

――何だ。この痛みは。

有田は、腹に手を当てた。ぬるっとした感触があった。掌を見ると、真っ赤に染まっていた。


「なっ、何だこれは！」

有田は、叫び声とともに目を覚ました。

――今のは、何だったんだ？

混乱する頭を抱え、長いため息を吐いた。

白い天井が見えた。どうやら、ベッドの上に寝かされているらしい。それを自覚すると同時に、これまでの出来事が一気に蘇《よみがえ》る。

有田は自殺しようとした。だが、失敗してしまった。そこにタイミング悪く、才谷や森川が入ってきて、激しい言い合いになった。

窓から飛び降りて死のうと思ったのだが、黒い犬に突進されて――。

「起きちゃいましたね」

ベッド脇から、才谷が覗き込んできた。

この男がいるということは、どうやら自分は生きているらしい。

——情けない。

心の内で呟くのと同時に、涙がこぼれそうになった。有田は、慌てて起き上がり、両手で顔を覆う。

「何であんたがいるんだ？」

有田は、絞り出すように言った。

「すみません。私は、あなたに謝らなければなりません」

「何？」

顔を向けると、才谷はニヤニヤと緊張感のない笑みを浮かべていた。

「あなたが眠っているのをいいことに、勝手に記憶を覗き見ていました」

——記憶を覗き見る？

言っていることの意味が分からず、有田は眉間に皺《しわ》を寄せた。

「何を言ってるんだ？」

「ですから、あなたの前世の記憶を、勝手に見ていたんです」

「は？」

「あなたも見たでしょ。戦場でのあれです」

才谷は指を立てた。

それをきっかけに、有田の脳裏に、さっき見た光景がフラッシュバックして、思わず腹に手を当てた。

そこに傷は無かった。やはり夢なのだ。だが、そう言い切るには、あまりにリアルだった。

映像と音だけではない。臭いや、温度、それに痛みまで感じたのだ。見たというより、体感したと表現した方がいいかもしれない。だが――。

「バカバカしい。前世の記憶など……だいたい、他人の記憶など、見られるわけないだろ」

「見ましたよ。ちゃんと。あなたは、砲撃を受け、腹に深傷《ふかで》を負っていました」

「なっ……」

それは、有田が見た夢そのままだった。問題は、なぜそのことを、才谷が知っているのか――だ。

訊ねようとしたが、思うように言葉が出てこなかった。

「あなたは、死にたいんですよね」

才谷が、真剣な眼差《まなざ》しを有田に向ける。

さっきまでのニヤケ顔とギャップがあり過ぎて、有田は思わずたじろいだ。

「そ、そうだ……」

「だったら、死ぬ前に見せてもらえませんか？」

「何を？」

「前世の記憶の続きです。途中で、起きてしまいましたから――」

「何のために？」

「私は人を捜しているんです」

「人？」

「ええ。大切な約束があるんです」

「それと、私の前世と、どういう関係があるんだ？」

有田は、訊ねながら違和感を覚えていた。

さっきまで、前世の存在を否定していたはずなのに、いつの間にか、ペースに呑まれてしまっている。

「あなたの前世の記憶の中に、私の捜している人を見つけるヒントがあるかもしれないんです」

「ヒント？」

「はい」

才谷が頷くのに合わせて、黒い犬がワンと吠えた。

有田は、そこでようやく犬が部屋の隅に座っていることに気付き、「ひっ」と声を上げて身構えた。

別に犬が苦手なわけではないが、さっき倒されたせいで、嫌いになりそうだ。

「どうです？」

才谷が、身を乗り出す。

自殺しようとしたことに対して、森川のように説教の一つでもされるのかと思ったが、実に妙な申し出だ。

邪魔されないのなら、気の済むようにさせて、部屋を出て行ってもらった方がいいかもしれない。

同意の返事をしようとしたが、ふと引っかかることがあった。

「何で、おれなんだ？」

「あなたが、ここに現われたからです」

才谷は自信満々に胸を張る。

だが、有田には余計に分からなくなった。

「どういうことだ？」

「魂は、生まれ変わっても、縁のあった人と引かれ合うものなんです」

「引かれ合う……」

「ええ。私が、この地に立ち寄ったのも、きっと偶然ではありません。運命に導かれたんです。いいえ、私だけではありません。あなたも、森川さんも、磁石に引き寄せられるように、自然とこの場所に足を運んだんです」

才谷の口調には、熱がこもっていた。

流されるものか――心の中で、そう念じていたのに、いつの間にか、抵抗する気がなくなっていた。

「おれは……」

「見せてもらっていいですよね。あなたの前世の続き――」

「好きにしろ」

もう、何もかもが、どうでも良くなっていた。

有田は投げ出すように言うと、ベッドに大の字に倒れ込んだ。

才谷が、有田の額に左手の人差し指を当てた。すると、目の前が一瞬で真っ暗になった。

やがて、その先に小さな光が見えてきて、それが段々と大きくなっていく。

気がついたときには、有田は再び薄暗い洞窟の中にいた――。

蠟燭の小さな火が、ゆらゆらと揺れていた。

「大丈夫か？」

心配そうに声をかけてきたのは、竹地だった。

「ああ」

返事をするのと同時に、熱をもった強烈な痛みが腹部に広がる。手を当てると、傷口はまだ血で濡れていた。

悪寒《おかん》が走り、身体が震えた。流れ出す血とともに、自らの命が削られていくようだった。

「おれは、死ぬのか？」

有田は、竹地の整った顔を見ながら訊ねた。

「これくらいの傷で、死ぬわけないだろ」

竹地は、笑顔を浮かべた。だが、それは引《ひ》き攣《つ》ったものだった。

――嘘をついている。

有田は、そのことを悟った。途端に、恐ろしくなった。

「まだ死にたくない……」

怒りにも似た感情が湧き上がる。だが、同時に虚《むな》しくもなり、目に涙が浮かんだ。

「死ぬもんか。おれが、死なせない」

竹地が力強く励ます。だが、それが逆に有田に現実を思い知らせる恰好になった。どうやら、助からないらしい。

涙の幕の向こうに、女とその子どもの顔が見えた。不思議と、それが自分の妻と子であることが分かった。

それと同時に、様々な感情が流れ込んでくる。

自分などには、もったいないほど器量のいい妻だった。息子は妻に似て利発な子だった。

二人がいるだけで、生活は喜びに満ちていた。

「もう一度……もう一度でいいから、妻と子に会いたい……」

そう呟いた有田の声は、掠れていた。

「会えるさ。きっと会える」

竹地が有田の手をがっちりと握った。

幼い頃は、弱々しくて頼りない奴だと思っていた。それが、今はこの上なく温かく、そして力強かった。

竹地は、まだ諦《あきら》めていない。ならば、自分も諦めるべきではない。

どんなに苦しかろうが、辛かろうが、生きて日本に帰り、妻と子に会う――有田の心の底に、生きる活力が湧いてきた。

「これを飲め」

竹地が、カップを差し出す。

「すまない……」

口に含むと、舌が痺れるほどの苦味が広がった。

「な、何だ……これは……」

「珈琲だよ。といっても、タンポポの根から作った代用品だけどな……味はどうだ?」

「薬かと思った……」

「そんなに不味いか?」

「ああ。不味くて死ぬところだった」

「それだけ喋《しゃべ》れれば平気だな」

竹地が笑った。その笑顔を見ているだけで、希望の火が灯ったように思える。

「騒ぐな。敵に見つかったら、どうするつもりだ」

笑い合っていたところに、怒声が響いた。

声を上げたのは、上官の川端《かわばた》だった。ひげ面でいかつい顔をしている。彼も同郷なのだが、召集されたのではなく、自ら志願して入隊した男だ。

川端には、同郷のよしみなどという感覚はない。

軍にどっぷり浸かり、常に高圧的な態度で有田や竹地を扱っていた。

「軍曹!」

一旦、静まり返った洞窟に、声が響いた。

偵察に出ていた兵が戻ってきたのだ。彼は、肩で息をしながら川端の許に駆け寄り、何やら耳打ちする。

声は聞こえないが、それが悪い報告であることは、川端の表情を見て分かった。

報告を聞き終えた川端は、立ち上がり、疲弊した兵たちを見渡す。

「米軍がすぐそこまで来ている。今すぐ、ここを引き払う」

その指示を聞き、竹地が真っ先に立ち上がった。

「負傷兵がいます。すぐに動かすのは無理です」

「置いていけ」

川端の冷たい視線が、有田を捉えた。

一人で動けぬほどの傷を負いながら、こんな洞窟に取り残されては、死ねと言われているのと同じだ。

――私は、生きたい。

強く念じたが、それは言葉にならなかった。

「できません!」

竹地が、食ってかかる。

「負傷兵を連れて、戦えると思っているのか！」

激昂した川端の声が、洞窟に響き渡った。

誰もがその迫力に息を呑んだ。だが、竹地だけは違った。

「私には、見捨てることはできません！」

「ならば貴様もここで死ぬか？」

「仲間を置いていくくらいなら、ここで自分も死にます」

竹地の言葉に迷いはなかった。

だが、それが川端の逆鱗《げきりん》に触れた。川端は、竹地の顎に右の拳を振るった。

「だったら死ね」

地面に這《は》いつくばる竹地を蔑《さげす》んだ目で見たあと、川端が言った。

竹地は、まだ何か言おうとしたが、川端はそれを聞くことなく、その場を歩き去った。

「竹地……」

有田は、手を伸ばして竹地の腕を摑《つか》んだ。

「すまん」

竹地は、震える声で言いながら頭を下げた。

「いいんだ。お前まで死ぬことは無い。もう、いいんだ……だから……」

有田の頬を、涙が伝った。

死にたくはない。だが、こうなってはもう、助かる道は無い。せめて、友だけでも生き残って欲しい。

自分に妻と子がいるように、竹地にも帰りを待っている女がいる。幼馴染みの幸恵《さちえ》だ。

いかに、竹地が幸恵を愛しているかは知っている。

だからこそ、生き延びて欲しいと思う。

「諦めるな」

竹地は、ゆっくりと起き上がりながら言った。

「え？」

「おれは、見捨てることなんてできない。もちろん、死ぬつもりも無い。必ず、全員で生きて帰るんだ」

——無理だ。

どう考えても、生き延びる方法など無い。竹地だって、それは分かっているはずだ。

だが、不思議と竹地の言葉は、絶望的なこの状況の中でも、信じてみたくなるほど力強いものだった。

「竹地……」

「生きるんだ。何があっても、生きるんだ」

「そうだな」

有田は、そう答えて目を閉じた。

第4章

運命の人

1

「ぐっ」

　悠人は、唸《うな》り声を上げて目を覚ました。ゆっくりと身体を起こしたところで、ここはどこだ——と一瞬、混乱する。

　頭に疼《うず》くような痛みがあった。

　だが、すぐに今までのことを思い出した。

　悠人は頭を振りながら、小屋を出る。辺りは、真っ暗だった。小屋に入ったときには、空が白み始めていたはずなのに——。

　どうやら、少しだけ休むつもりが、ずいぶん長い間眠っていたようだ。

　だが、自分は警察に追われる身だ。考えてみれば、昼間に行動するより、夜に動いた方が発見されにくいし、かえって好都合だ。

　悠人は、自分を納得させてから歩き始めた。

　寄せては引く波の音が、心地好かった。

顔を上げると、海にぽっかりと浮かぶ月が見えた。昨日は、少しだけ欠けていた。だが、今日は満月だ。

それを見ただけで、悠人は満たされていくようだった。

——もう少しだ。もう少し。

悠人は、心の中で何度も呟《つぶや》きながら、黙々と歩みを進めた。

一度こうと決めたら、どこまでも突き進む。それは、今に始まったことではない。

小学校の頃、掃除の時間に、教師にぴかぴかになるまで床を拭《ふ》けと指示された。悠人は、それを忠実に守り、下校時間が過ぎても、延々と掃除を続けた。

「限度がある」

教師には、そう言って呆れられた。

中学のときも、美術の時間に風景画を描かされたのだが、時間までに仕上がらなかった。「終わるまで帰るな」という教師の指示に従い、深夜まで学校で絵を描き続けた。

その結果、いつまでも帰宅しない息子を心配して、両親が警察に捜索願いを出す騒ぎにまで発展した。

何でも、完璧にこなさないと、気が済まない性質だった。

両親は「誰に似たんだろう?」と首を傾《かし》げた。

そう思うのは、無理もない。二人とも、お世辞にも勤勉だとは言い難い。どちらかといえば、怠惰な人間だ。

おそらく悠人がこうなったのは、両親の教育や環境からくるものではなく、生まれながらに持っている気質のようなものだ。

悠人に限らず、誰もが、そういう一面を持っているはずだ。

きっと、前世の経験からもたらされているのだろう。悠人がそうであるように――。

「着いた」

どれくらいの時間歩いただろう。

ようやく、砂時計に似たあの岩が見えてきた。

ほっとすると同時に、ひどく空腹であることに気付いた。それもそのはずだ。病院での一件から、ほとんど何も口にしていない。

――どこかに店は無いだろうか？

辺りを見回していた悠人は、白い壁の建物を見つけた。幸い明かりも点いている。

――行ってみよう。

道路を渡り、建物に近づいた悠人は、入口のドアの前で立ち止まった。

自分が、警察に追われていることを思い出した。通報などされたら、彼女に会うことができなくなってしまう。

変装しようにも、手ぶらに等しい状態では、どうにもならない。

うまくすれば、警察はまだ悠人を指名手配していない可能性もある。そうであれば、気付かれるはずもない。

——どうする？

悠人は迷いを抱えたまま、ドアにある窓から、奥を覗《のぞ》き込んだ。

「あ！」

思わず息を呑んだ。

やはり、自分と彼女は運命の赤い糸で結ばれている——悠人は、歓喜の中で実感した。

2

千里は、カウンターのスツールから、窓の外に広がる海を眺めていた。

輝く満月の光が、黒い海に色を添えている。

とても綺麗だった。こうして見ているだけで、疲れていた心が安らぐような気がする。

「大変なことに巻き込んで、すみませんでした」

キッチンに立った森川が、千里の前に珈琲を差し出しながら言った。

その表情は強張《こわば》り、人形のようだった。

先ほどの自殺騒ぎは、さすがに千里も驚いた。正直、こんなことに巻き込まれるとは、思ってもみなかった。だが——。

「森川さんの責任ではありませんから……」

千里は、首を振って答えると、カップの珈琲を一口飲んだ。

一杯目のときは、その苦さに顔を顰《しか》めたが、二杯目の珈琲は、さっきよりも口当たりが柔らかく感じられた。

「いえ。ぼくが、彼の異変をもっと早く察知して、気遣っていれば、こんなことにはならなかったと思います……」

森川は、一口珈琲を飲んだあと、深いため息を吐《つ》いた。

——不器用な人だな。

千里は、心の内で呟いた。

真面目《まじめ》過ぎると言ってもいいかもしれない。全てを自分の責任だと思い、自分で自分を追い込んでしまうタイプだ。

だが、そのことに見苦しさは無かった。むしろ、好感が持てる。千里にも、似たところがあるからだ。

コンクールで受賞してから、様々な重圧がかかるようになった。自分は自分だと割り切れれば楽だったのに、千里はその全てに応えようとした。

そればかりではなく、浴びせられる誹謗《ひぼう》中傷も、正面から受け止めてしまったのだ。

「あまり自分を責めないで下さい」

千里は、気休めだと分かっていながら口にした。

「責めたくもなります。感情的になって、余計なことまで言ってしまったんですから……」

細めた森川の目が、微《かす》かに潤んでいた。

さっきのやり取りが脳裏を過《よ》ぎる。確かに森川は、感情を露わにしていた。だが、それは不快なものではなかった。あの言葉には、表面的なものではない、もっと深いところにある優しさが込められていた。

それは自殺しようとした有田という男性にも伝わっただろう。だから——。

「余計なことではありません」

「そうでしょうか？」

「ええ。私は何も言えずに、見ているだけでした。でも、森川さんは違いました」

千里の言葉に、森川は苦い顔をした。

「やっぱり、余計なことでした」

「どうしてそう思うんです？」

「ぼくには、あんなことを言う資格は無いんです」

「資格なんて、誰も持っていません。でも、そういう問題じゃないと思います」

「千里さんは強いですね。ぼくは、逃げてしまった人間ですから……」

森川の目に、影が差したようだった。

そこに、どんな意味が込められているのか——それを訊《たず》ねようとしたが、思うように言葉が出てこなかった。

自分などが、踏み込んではいけない領域のように思われたからだ。

「服、乾きましたよ」

沈黙を破るように、声をかけてきたのは、陽子だった。

綺麗に畳んだ千里の服を、両手に持ち、はにかんだような笑みを浮かべている。

「ありがとうございます——」

千里は礼を言って服を受け取った。

「着替えは、奥の従業員控え室を使って下さい」

「助かります」

着替えを済ませたら、このペンションを出て行かなくてはいけない——そう思っただけで、気分が重くなっているのに気付いた。

——もう少し、この場所にいたい。

自然とそう思えるほど、このペンションは居心地が良かった。自殺騒ぎまで起きたというのに不思議だ。

千里が従業員控え室に向かおうとすると、陽子が何かを思いついたのか、ポンと手を打った。

「森川さん。夕飯はどうします？」

「どうって？」

陽子の質問に、森川が首を傾げる。

「ああ、もう！　一応、お客さんいるわけだし、何か作った方が良くないですか？」

「そうか……そうだね」

森川が、天井に目を向けた。

お客さんとは、さっき自殺しようとした有田のことだろう。この状況において、まだ彼の面倒を見ようとしているのだから、森川も陽子も、相当なお人好しだ。

「良かったら、千里さんもどうです？」

不意に話を振られて、「え？」となる。

「食べていって下さい。うちのディナー。大したものは出せませんけど——」

陽子が茶目っ気たっぷりに微笑《ほほえ》んだ。

「何だか、けなされてるみたいだな」

森川が笑いながら口を挟む。

陽子は「あ、そうか」と、舌を出したあと、千里に顔を向けた。

「いいですよね」

「いえ、でも……」

「珈琲は最悪ですけど、料理はなかなかのものですよ。私が保証します」

誇らしげに、陽子が胸を叩《たた》く。

「ご迷惑でなければ……」

千里は、そう言って森川に目を向けた。

「是非、そうして下さい」

森川が笑顔で答えた。

3

有田が目を開けると、そこには川端の姿があった。

彼は、腹心の部下と連れだって洞窟の中を見て回り、動ける兵士と、そうでない兵士を選別していた。

「立てるか？」

川端は、左足を失い、洞窟の壁に寄りかかっている兵士に声をかけた。

「いえ……無理です」

男が答えるや否や、川端は拳銃を抜き、男の額に弾丸を撃ち込んだ。

バタリと倒れた男は、それきり動かなくなった。

この瞬間、有田は川端の意図を悟った。彼は、動けない兵を全て、この場で射殺するつもりだ。

敵に情報が漏れないように、というのもあるが、おそらく竹地を連れて行きたいのだろう。残っている衛生兵は彼だけだし、語学も堪能で、戦力として不可欠だ。

それに——川端は幸恵の兄だ。妹の婚約者である竹地を、何としても日本に連れて帰りたいという思いもあるのかもしれない。

竹地が、負傷兵と残るというのであれば、動けない負傷兵を全て殺してしまえばいい。短絡的な考えだ。だが、それ故に恐ろしい。

洞窟の中に、二発銃声が響いたあと、川端が有田の前に立った。

訊ねられるまでもない。有田は動けない。味方の手によって殺されるのだ。そう思うと、悔しくて、悔しくて、涙が溢《あふ》れた。

「お前は動けるか？」

「私は、死にたくない」

川端を睨《にら》んだ。だが、その程度で怯《ひる》む男ではない。

有田の額に、拳銃の銃口が押し当てられた。

「止《や》めろ！」

洞窟の中に、悲鳴にも似た声が響いた。

目を向けると、それまで洞窟の外に出ていた竹地が血相を変えて走ってくるのが見えた。

「川端さん！　何てことを！」

竹地が叫ぶ。

「まだ分からないのか、これしか方法が無いんだ！」

「違う！」

「このままここに残れば、部隊が全滅するんだぞ！　他の者を助けるためだ！」

「殺す必要はないでしょ」

「こいつらが、捕虜になって、情報を漏らさないという保証はあるのか？」

「それは……」

「そうなれば、生き残った者たちも、死ぬことになるんだぞ！」

「分かってます。でも……」

竹地は有田と川端の間に割って入り、盾になるように両手を広げた。

「幸恵を悲しませるつもりか？」

「誰かの不幸の上に立つ幸せなど、彼女は望んでいない！」

「黙れ！」

川端は、拳銃で竹地の頭を殴りつけた。

それでも竹地は、必死で立ち上がろうとする。

──もういい。

有田は、心の中で呟いた。

妻と子の顔は二度と見られない。だが、最後に無二の親友に会うことができた。

最後まで、諦《あきら》めずに自分を救おうとした男。その想いに応えるためにも、間もなく失われるであろう命が尽きるまで、必死にあがこうと思う。

見苦しくても、恥ずかしくても構わない。

「私は、死にたくない！　生きるんだ！」

力の限り叫んだ。

有田の最後の言葉は、銃声とともに暗闇に消えた──。


ゆっくり有田が目を開けると、そこには穏やかな笑みを浮かべる才谷の顔があった。

身体が震え、息が上がっていた。

「あれは、本当におれの前世なのか……」

しばらくの放心のあと、絞り出すように言うと、才谷が大きく頷いた。

「そうです」

「おれは……」

「あなたは、生きようとしていました。最後の最後まで……」

さっき見た映像に出てきた男は、生に執着して、必死に抗《あらが》っていた。

少し前の自分なら、それをみっともないと蔑《さげす》んでいただろう。だが、今は違うものを感じていた。

ひと言で言うなら、強さだ――。

「おれは……」

言いかけたところで、部屋の隅にいた黒い犬が、何かを感じたらしく、ビクッと顔を上げ、クンクンと鼻を鳴らす。

「いい匂いがしてきましたね……」

才谷が、目を閉じて大きく息を吸い込む。

有田の鼻にも、微かにではあるが、香ばしい香りが漂ってきた。

匂いに釣られてか、腹がグルグルッと音を立てて鳴った。さっきまで、空腹など気にならなかったのに――。

「一緒に行きませんか？」

才谷が、立ち上がりながら言った。

「行く？　どこに？」

「夕飯を食べにです。ここの珈琲は最悪ですけど、料理は絶品ですよ」

有田の脳裏に、さっきの映像が浮かんだ。

あの中でも、やけに苦い珈琲を飲まされた。竹地という友人が作った珈琲だった。

——まさか？

有田は、首を振って頭の中の妄想を追い払った。

「ね、行きましょう」

才谷が、有田の手首を摑《つか》んだ。

「いや、おれは……」

「死ぬのは、食べてからでも遅くありませんよ」

有田は、才谷に引っ張られるままに立ち上がった。

部屋を出て、階段を降り、ラウンジに足を運ぶと、厨房にいた森川が顔を上げた。

さっきの部屋での言い合いが思い返され、有田は思わず視線を逸《そ》らした。

「来て下さったんですね。ありがとうございます——」

森川が丁寧に頭を下げる。

まさか、礼を言われるとは思わなかった。驚きとともに、森川に目を向ける。

彼は、さっきのことなど忘れてしまったみたいに、穏やかな笑みを湛《たた》えていた。あの映像の中で会った、竹地によく似ているように見えた。

「おれは……」

「どうぞ。座って下さい」

陽子に席を勧められ、有田は黙って座った。

才谷が犬と並んで向かいの席に着く。

「どうぞ」

陽子が有田と才谷の前に、ビーフシチューの皿を置く。香ばしく、食欲をそそる湯気が立ち昇っていた。

「珈琲は不味いですけど、食事の味は私が保証します」

陽子はそう言うと、ドッグフードが盛られた別の皿を床の上に置いた。

「こっちはミラノの分」

陽子は犬の頭を撫《な》でてから、厨房に歩いて行った。

「ミラノ。良かったな」

才谷が語りかけると、ミラノはもの凄《すご》い勢いでドッグフードを貪《むさぼ》り始めた。

よほど腹が減っていたのだろう。

「あなたも、食べて下さい」

才谷が言った。

有田は戸惑いながらも、スプーンを手に取り、ビーフシチューを掬《すく》って口に運んだ。

濃厚だが、すっきりとした酸味があり、想像していたのより、何倍も美味《うま》かった。

身体の奥の方が、段々と熱くなっていく。

なぜだか、涙がこぼれ落ちた。

有田は、それを隠すように、皿を手に持ち、ビーフシチューをかき込むように食べた。

――おれは、生きている。

ビーフシチューを食べれば食べるほど、そのことが実感として有田の中に広がっていく。

そうして、また涙が溢れ出す。

泣きながら飯を食うなど、初めての経験だった。だが、有田には、それが心地好くもあった。

「生きたい……」

食事を終えたあと、自然と口からこぼれ出た言葉だった。

さっき体感したことが、本当に有田の前世であったかどうかは分からない。だが、あの男は、生きたかったのに、それが許されなかった。

死の間際まで、生きようと必死にあがいた。

妻と子の顔を見たいと願っていた。

彼の置かれた絶望的な状況に比べれば、今の自分にはまだ救いがある。

下らないプライドなど捨てて、見苦しくても、浅ましくても、生きてさえいれば、芳恵と正紀に会うことができる。

そんな当たり前のことに、気付くことができた。

「いかがでしたか？」

声をかけられ、有田は涙を拭《ぬぐ》ってから顔を上げた。

そこには森川が立っていた。

「美味かった」

有田が答えると、嬉しそうに笑った。

その優しい笑みと、前世の記憶で出会った竹地の顔が重なった。

「ありがとうございます」

森川は、軽く会釈《えしやく》したあと、食器を下げようとしたが、何かを思い出したように動きを止めた。

「食後の珈琲は、いかがですか？」

それがきっかけとなり、有田の口の中に強烈な苦味が呼び起こされた。

「私が、インスタントを出します」

有田が答えに迷っていると、陽子が厨房から声を上げた。

確かに、インスタントの珈琲なら、失敗は無いだろう。だが、有田は別のことを欲していた。

「いや、あんたの珈琲が飲みたい」

有田は、真っ直ぐに目を向けながら言った。

「承知しました」

森川が、いかにも嬉しそうに厨房に戻っていく。

「あの珈琲を、もう一杯飲むんですか？」

才谷が目を丸くして驚いていた。

「ああ」

「不味いですよ」

「知ってる。だから飲むんだ」

有田は、自信をもって答えた。

自分でも不思議だった。絶品だったビーフシチューを、台無しにするような不味い珈琲を、なぜ欲するのか――。

「あなたは、変わった人だ」

才谷が言うと、それに応えるように、ミラノがワンと吠《ほ》えた。

――あんたの方が、よほど変わっている。

そう言おうと思ったが、結局は口にしなかった。

4

千里は、浜辺に立っていた。

目の前には、砂時計に似た形をした、あの岩が見えた。

手を伸ばして岩に触れると、じりっと痺《しび》れるような感覚があった。

――生まれ変わったときに、またこの場所で会いましょう。

女性の声がした。

意味は分からないが、心の底にすっと染み込んでいくような気がした。

「今のは……」

声を上げると同時に、千里は瞼《まぶた》を開けた。

頭が混乱する。さっきまで、浜辺に立っていたはずなのに、今はベッドに横になっていた。

――どういうこと？

身体を起こしたところで、千里は混在していた記憶を整理することができた。

「夕飯ができるまでの間、部屋でゆっくりしていて下さい」

森川のその言葉に甘えて、千里は客室に入った。

一昨日からの疲れが溜まっていたのもあって、ベッドに横になったあと、そのまま眠りに落ちてしまったようだ。

窓に目を向けると、ぽっかりと浮かぶ満月が見えた。

千里は窓に歩み寄り、両開きの窓を押し開けた。

潮風が吹き込んでくる。

それが、何とも心地好かった。

浜辺に視線を向けると、月明かりに照らされて、砂時計に似た岩が、黒く浮かび上がっていた。夢で見ていたのと同じ岩だ。そして、千里を襲ったあの青年も、岩の写真を持っていた。

嫌なことを思い出し、千里は表情を曇らせた。

窓を閉めようとしたところで、ガタンッと何かがぶつかるような音がした。

——何だろう?

千里は息を殺して耳を澄ませる。

微かにではあるが、風の音に混じって、外から物音が聞こえる。

千里は、窓枠に手をかけて、外を見た。

——あ！

あまりのことに、千里は声を出すことができなかった。

雨樋《あまどい》を伝って、人がよじ登ってきていたのだ。

逃げ出そうとした千里だったが、できなかった。外からぬっと手が伸びてきて、千里の腕を摑んだからだ。

「は、離して！」

千里は、力一杯その手を振り払った。

その拍子にバランスを崩し、床に尻餅をついた。立ち上がろうとしたが、それより先に、人が窓を這《は》い上がり、部屋の中に入ってきた。

「また会えた」

笑みを浮かべた青年が立っていた。

千里はこの青年を知っていた。友だちではないし、名前も知らない。だが、知っていた。マンションの近くで千里を待ち伏せ、病院から拉致《らち》しようとした男だ。

千里は座り込んだまま身を引く。

青年は、逃がすまいと距離を詰めてくる。

「あなたは、何者ですか？」

「そんな言い方はしないで下さい。何度も言いますが、ぼくは、あなたに危害を加えるつもりは無いんです」

「だったら……」

——出て行って！

そう叫ぼうと思ったが、それより先に、青年が千里の口を塞《ふさ》いだ。

息が詰まる。

「大きな声を出さないで下さい。そうじゃないと、ぼくは……」

青年は言いかけた言葉を呑み込んだ。

千里は、その先に続く言葉を想像し、背筋が寒くなるような思いだった。

「手を放しますが、大きな声を出さないで下さい」

威圧感のある目で青年が言った。

千里が頷いて答えると、青年は口に当てていた手を外した。

ここで叫び声を上げたりしたら、彼を余計に刺激してしまうことになるだろう。

「怯《おび》えないで下さい」

訴える青年の目には、うっすらと涙が浮かんでいた。

「理由も分からず、こんなことをされたら、誰でも怯えます。あなたの目的は、何ですか？」

千里は、恐怖を呑み込み、真っ直ぐ青年に目を向けた。

「この前も言いました。ぼくとあなたは、前世でつながっているんです。ぼくは、思い出して欲しいだけなんです」

「いったい、何を思い出すんですか？　前世のつながりなんて言われても、私には分かりません」

「嘘《うそ》だ。あなたも気付いているはずだ。だから、この場所に来た。あの岩に見覚えがあるんでしょ」

　青年は、興奮気味に言ったあと、窓の外を指差した。

　その言葉にドキリとする。

　千里が夢で見た場所と、青年に写真で見せられた場所は、同じだった。なぜ、こんな偶然が起きたのか——それを確かめるために、ここに足を運んだのは事実だ。

　どう返答していいのか分からなくなった。

「私は……」

「これは運命なんだ。ぼくと、あなたは、前世から結ばれる運命にあるんだ」

　熱のこもった口調で青年が言う。

　その目には鬼気迫るものがあり、千里は逃れるようにさらに後退る。

　だが、すぐにドアに阻まれてしまった。

「一緒に行こう」

青年が、千里に手を差し出した。

「どこに――ですか？」

「本来、ぼくたちがあるべき道に。ぼくらは、結ばれる運命だから」

――運命。

その言葉が、千里の心の奥で響いた。

彼の手を握れば、自分の中で何かが変わるかもしれない――そんな予感めいた感情が芽生えた。

5

「そろそろ、千里さんを呼んで来てもらえるかな」

森川は、珈琲が出来上がったところで、陽子に声をかけた。

「珈琲、出してからにしますよ」

「大丈夫。やっておくから」

珈琲を出してから呼びに行ったとしても、時間に大差はないのだが、森川は直接有田に珈琲を運びたいと考えていた。

感情的にまくしたててしまったことを、直接詫《わ》びたかった。

「そうですか。じゃ、お願いします」

陽子は、森川の心情を知ってか知らずか、軽い足取りで二階に向かった。それを見送ったあと、珈琲カップを持って有田のテーブルに向かった。

「どうぞ」

森川が珈琲を出すと、有田は「ありがとう」と小声で答え、珈琲を一口飲んだ。

その途端、顔が強張る。今にも吐き出しそうだったが、それでも彼は無理に喉を鳴らして珈琲を飲み込んだ。

「不味い」

一呼吸置いたあと、有田が言った。

言葉に反して、何だか嬉しそうだった。

「そんなに不味いですか？」

「不味い……だが、悪くない」

有田は、そう言ってもう一口珈琲を飲んだ。

さっき自殺しようとした男とは思えないほど、穏やかな表情をしていた。

「すまなかった……」

しばらくの沈黙のあと、有田がポツリと言った。

「え？」

「さっき、あんたに酷《ひど》いことを言った」

そう言って珈琲を飲んだ有田は、渋い顔をした。

どうやら、先を越されてしまったようだ。

「いいえ。気にしていません。ぼくの方こそ、すみませんでした」

それが森川の本心だった。

勢いとはいえ、感情的になって有田に暴言を吐いたのは事実だ。本来なら、何も知らない自分が、余計なことを言うべきではなかった。

「あんたは正しいことしか言ってない。いや、確かにあのときは、残酷なことを言うと思ったよ。だけど、今なら、言おうとしていた言葉の意味が分かる」

有田は、はにかんだような笑みを浮かべた。

「そうですか……」

「おれは、本当は生きたかったんだ。前世では、生きられなかったから……」

「前世？」

森川は、その言葉に反応して、才谷に目を向けた。

視線を感じたらしい才谷は、勝ち誇ったような笑みを返してきた。

「有田さんは見たんです。自分の前世を……」

才谷が言う。

森川の脳裏に、一昨日、才谷によって見せられた映像の断片が蘇《よみがえ》った。

——あなたの前世です。

才谷は、そう言ったが森川にはやはり信じられなかった。

端《はな》から前世の存在を信じていないこともある。だが、それだけではない。あの映像の中に出てきた男は、人を殺していた。一人は着物の女。もう一人は、軍服を着た男。

もし、殺人を犯した男が自分だったとしたら——それを認めるのが怖かった。

考えが錯綜《さくそう》して、森川は言葉が出てこなかった。

「ぼくは……」

言いかけたところで、カランとドアベルが鳴り、入口のドアが開いた。

こんな時間に、予約もなく客が来るなんて珍しい。

「いらっしゃいませ」

視線を向けた森川は、思わず息を呑んだ。

そこには、森川の知っている人物が、憮然《ぶぜん》とした表情で立っていた。

「汐見先生……」

森川は、ようやくそれだけ絞り出すことができた。

汐見は、値踏みするように森川を見たあと、小さく首を振りながらため息を吐いた。

「レストランだと思ったが、違うのか？」

しばらくの沈黙のあと、汐見が言った。

この反応からして、森川がここにいると知って足を運んだわけでは無さそうだ。

「ペンションですが、レストランとしても経営しています」

「そうか」

「申し訳ありませんが、今、お出しできるのは、珈琲とビーフシチューくらいしかありません……」

帰ると思っていたのだが、汐見はラウンジに入ってきて、カウンターのスツールに腰掛けた。

「珈琲を頼む」

汐見は、不機嫌な顔で言った。

「え？」

「珈琲なら出せるんだろ」

「あ、はい」

「だったら珈琲」

汐見が何を考えているかは分からない。だが、客として来ている以上、追い返すわけにもいかない。

「かしこまりました」

森川は、気持ちを切り換えてから言った。

6

——結ばれる運命。

千里は、目の前の青年が言う「運命」という言葉に、過剰に反応している自分に驚いていた。

前世からのつながりなどというものが、本当にあるのか？

「ぼくを、信じてくれ」

青年が手を差し伸べる。

千里の脳裏に、繰り返し見る夢の映像が、フラッシュバックする。もしかしたら、あれは単なる夢ではなく、前世の記憶なのかもしれない。

そんな風にさえ思えてきた。

だが、だからといって、見ず知らずの青年にのこのことついていくことなどできない。

「さあ！」

青年が、千里に詰め寄る。

後退りしたところで、コンコンとドアをノックする音がした。

「千里さん。夕飯の準備ができました」

ドアの向こうから、明るい陽子の声がした。

青年の顔が一気に強張る。下手に応対すれば、青年を刺激することにもなる。千里は、息を呑むことしかできなかった。

「寝てるんですか?」

コンコンと再びドアがノックされる。

青年は、逃げ道を探しているのか、しきりに辺りを見回している。だが、この狭い部屋に逃げ場は無い。

「千里さん。何かありました?」

何かを察したらしく、陽子の声質が少し変わった。

このまま千里が何も答えなければ、不審に思った陽子が、部屋に入ってくるだろう。

青年もそのことに思い至ったのか、焦燥感が滲《にじ》む。

「お願いだから、大きな声を出したりしないで下さい。ぼくは、あなたを傷つけたくない」

青年は千里に小声で言うと、背後に回り込み、背中に尖《とが》った何かを突きつけた。抵抗したら、背中を刺すつもりなのだろう。

「うまく、追い返して下さい」

耳許で言った青年の声が、震えていた。

——この人も怖いのだ。

それを感じ取り、千里の中にあった恐怖心が薄らいだ。

「あなたは、何をしようとしているんです？」

千里は、大きく深呼吸をしてから訊ねた。

「ずっと言ってるじゃないですか。あなたに思い出して欲しいんです」

「運命だから？」

「そうです」

「そんなの勝手だわ」

自分で想像していたのより、ずっと大きな声が出た。

「静かに」

青年が、慌てた口調で言う。

「こんなやり方で、運命なんて言われても、受《う》け容《い》れられるわけないでしょ」

「それについては、謝ります。でも、本当なんです。ぼくとあなたは……」

「いい加減にして！」

千里は力を込めて叫んだ。

刺されるかもしれない——その怖さはあったが、それでも湧き上がる強い怒りがあった。

前世の存在の有無は千里には判断できない。

夢の中に出てくる場所を知っているこの青年とは、何かしらのつながりがあるのかもしれない。仮にあったとして、自分が前世で、何かの約束をしていたとして、だから、何だというのだ。

前世で決めたことに従って、現世を生きなければならないとしたら、今を生きている意味など無い。

千里が生きているのは前世ではない。現世なのだ。

自分の人生を――未来を選択する権利は、自分自身にあるはずだ。

「千里さん。誰かいるんですか？」

陽子の心配そうな声が聞こえた。

千里が声を上げようとすると、青年が再び口を押さえようとする。

「離して！」

千里は、声を上げながら青年を突き飛ばした。

不意の反撃を食らった青年は、バランスを崩す。その隙《すき》を逃さず、ドアに駆け寄った。

千里がドアノブに手をかける前に、ドアが開いた。

部屋の様子を見た陽子は、あまりのことに驚きの表情を浮かべる。

「何これ？　どういう状況？」

「いきなり男が……」

言いかけたところで、後ろから肩を摑まれた。

強い力で引っ張られて、千里はそのまま倒れ込んでしまった。

7

――私は、何をやっているんだ？

カウンターのスツールに腰掛けた汐見は、自嘲気味に笑った。

ただ、森川が経営しているペンションを見るだけのつもりだったのに、引き寄せられるように、中に入ってしまった。

そればかりか、さも偶然を装って珈琲を注文しているのだから滑稽《こっけい》だ。

「本当にいいんですか？」

不意に声をかけられ、顔を上げる。

いつの間にか、左隣のスツールに男が腰掛けていた。

整った顔立ちではあるが、どこか間抜けな印象がある。汐見がそう感じるのは、サイズの合っていないスーツを無理に着ているせいかもしれない。

「何がだ？」

「珈琲です」

「は？」

要領を得ない喋《しゃべ》り方《かた》をする男だ。

「ここの珈琲は、かなり不味いですよ」

男が、満面の笑みで言った。

汐見はどう答えていいか分からず、ただ「そうか……」と短く答えた。

「あなたは、森川さんとは、知り合いなんですか？」

何でそれを知っているのか——一瞬、驚きはしたが、すぐに合点がいった。

このペンションに入って来たとき、森川が汐見の名を呼んだ。そのやり取りを見ていれば、知り合いであることは容易に想像がつく。

「まあ、そんなところだ」

曖昧《あいまい》に答えて、会話を終わりにしようとしたが、男は解放してくれなかった。

興味津々といった感じで話を続ける。

「どういう知り合いですか？」

「なぜ、そんなことを知りたがる？」

「もしかしたら、あなたも、前世でつながりがあるかもしれないと思いまして……」

「どこだって？」

男の口から飛び出した想定外の言葉に、汐見は眉を顰《ひそ》めた。

「前世です」

「前世——だと？」

どうやら、聞き間違いではなかったようだ。

「そう。生まれる前の人生のことです」

「頭がおかしいのか？」

「才谷さん。もう、それくらいにして下さい。汐見さんが困ってます」

混迷する会話を止めたのは、森川だった。

「すみません……何だか、先走ったみたいで……」

才谷と呼ばれた男は、恐縮したように肩をすぼめた。これで、意味不明な会話は終わるはずだった。だが——。

「才谷さん。この人は、前世でかかわりがあったのか？」

もう一人男がやってきて、才谷の隣に座った。

小汚い身なりをした、いかにも冴えない感じの中年の男だった。

「たぶん、そうだと思うんですけど……記憶を見てみないことには……」

才谷が答える。

何が何だか分からない。記憶を見るとは、どういうことなのか？　混乱している汐見を余所《よそ》に、中年の男は席を立ち、汐見の顔をじろじろと覗き込んでくる。

——何なんだ。

「あんた、川端だろ」

汐見が口を開く前に、中年の男が言った。

——川端？

「私は汐見だ。誰かと勘違いしているんじゃないのか？」

「いいや、あんたは川端だ。間違いない。おれには分かるんだ」

挑むような視線を向けながら、中年の男が言う。なかなか迫力があり、汐見は思わず身体を仰《の》け反《ぞ》らせた。

「何を言っている。私は……」

「おれは、あんたに殺されたんだ」

そう言った中年の男は、鬼気迫る顔をしていた。

言っていることが無茶苦茶だ。殺されたのなら、今ここにいるのは誰なのか——どう考えても辻褄《つじつま》が合わない。

「人違いだ」

「いいや。あんたは……」

「有田さんも、止めて下さい」

森川が再び割って入る。

「しかし……」

有田と呼ばれた男は、なおも食い下がろうとする。それを制したのは、才谷だった。

「もう止《よ》しましょう」

「おれは……」

「前世のことです。あの人を恨んだって、何も返ってきませんよ」

才谷は窘《たしな》めるように言うと、有田をテーブル席に引っ張って行く。

——まったく、何なんだ。

さっきから、会話の流れがまったく読めない。汐見が長いため息を吐いたところで、カウンターに珈琲カップが置かれた。

「お騒がせしてすみません」

森川が、緩い笑みを浮かべた。

彼のこんな顔を見たのは、初めてのことだった。もちろん、笑った顔は何度か見たことがあったが、今みたいに自然なものではなかった。

——こういう生活の方が、森川には意外と合っているのかもしれない。

汐見は、そんなことを考えながら、珈琲を口に含んだ。

強烈な苦味が、舌に広がる。

「おえっ」

あまりの苦さに、思わず吐き出してしまった。

「大丈夫ですか？」

森川が、慌てて布巾を差し出す。

この珈琲は、美味いとか、不味いの次元を超えている。こんな物を出すなんて、嫌がらせに違いない。

文句を言おうとした汐見だったが、二階から聞こえてきた物音に遮られた。

ドタドタと床を踏みならすような音がしたかと思うと、人が言い争っているような声が聞こえた。

――何だ？

ラウンジにいる全員が、何ごとかと顔を見合わせる。

「今のは……」

言いかけた森川の声を遮るように、黒い犬が「ワン」と吠えたかと思うと、二階に駆け上がって行った。

8

千里はすぐに起き上がろうとしたが、倒れた拍子に足を捻《ひね》ったらしく、思うようにいかない。

「千里さん！」

陽子が部屋に飛び込んでくる。

「来たらダメ！」

千里は慌てて叫んだが、手遅れだった。青年が「邪魔するな！」と陽子に襲いかかる。

陽子が、サイドボードにあったスタンドライトを掴み、青年に向かって投げつける。

ガシャンと音を立てて、青年の顔面を直撃した。

「うぅ……」

青年が、目を押さえて蹲《うずくま》る。

「千里さん。大丈夫ですか？」

陽子が、倒れている千里に手を貸してくれた。

それを支えに立ち上がった千里は、陽子に背中を押されるように部屋を出た。が、次の瞬間、「きゃっ！」と陽子の悲鳴が響いた。

振り返ると、陽子が青年に腕を掴まれていた。

青年は、片手で目を押さえたままだった。掴んでいるのが、千里なのか陽子なのか、分かっていないらしい。

「陽子ちゃん！」

千里は、陽子を引き戻そうと手を伸ばした。

だが、届かなかった——。

陽子を引き摺《ひず》り込んだまま、ドアがバタンと音を立てて閉まった。

すぐに、部屋に入ろうとしたが、カギをかけられてしまったらしく、びくともしない。

「陽子ちゃん！」

ワン！

閉ざされたドアの前で叫ぶ千里の耳に、犬の吠える声が届いた。

目を向けると、ミラノが廊下を走ってきていた。

森川と才谷も一緒だ。

「どうしました？」

息を切らしながら、森川が声をかけてきた。

最悪の状況のはずなのに、彼の顔を見た途端、安堵《あんど》して涙がこぼれそうになった。

「陽子ちゃんが、部屋の中に……」

「え？」

できるだけ簡潔に説明しようとしたのだが、あまりに短か過ぎて、伝わらなかったようだ。

――落ち着こう。

自分に言い聞かせてから、突然、部屋に男が入ってきたこと、そして、自分を助けようとした陽子が、その男に拘束されて一緒に部屋にいることを説明した。

「分かりました」

森川は大きく頷くと、千里にハンカチを差し出した。

「え？」

「血が出てます」

森川に言われて、千里は初めて腕に切り傷ができていることに気付いた。

「私より、陽子ちゃんが……」

気遣いは嬉しいが、中にいる陽子の方が心配だ。

「分かっています」

森川は、ハンカチを千里の手に握らせると、ドアの前に立った。

初めて見たときは、頼りない印象があった。だが、今の森川の表情は、この上なく頼もしいと思えた。

「陽子ちゃん。無事か？」

森川が、ドアに向かって呼びかける。

「今のところ、大丈夫です」

拍子抜けするくらい、明るい陽子の声が返ってきた。

「良かった……」

取り敢えず、陽子の無事が確認できた安堵で、千里はその場にへたり込みそうになるのを、どうにか堪《こら》えた。

こうなったのは、自分の責任だ。陽子が無事に出てくるまでは、安心できないと、気持ちを奮い立たせる。

「カウンターの奥に、合いカギがあります」

小声で森川が言うと、才谷が「持ってきます」と、ミラノと一緒に階段を駆け降りて行った。

「今、どういう状況だ？」

「何か、ナイフみたいな物を持ってます。それと……」

「余計なことを喋るな！」

森川と陽子の会話を、青年の怒声が遮った。

「君は、なぜこんなことをしているんだ？」

森川が、今度は中の青年に向かって呼びかけた。

「うるさい！」

青年の声が返ってくる。

精一杯強がっているが、その声は不安に揺れている。この状況は、彼自身も望んでいなかったのだろう。

「理由を訊《き》かせて欲しいんだ。そうすれば、力になれるかもしれない」

森川は、青年を責めるのではなく、優しく語りかけるように言う。こちらに、話を聞く準備があるのだという意思表示をしている。

「彼女と話がしたい……」

部屋の中から、掠《かす》れた青年の声が返ってきた。

「彼女？」

「千里さんだ。おれは、千里さんと話がしたいだけなんだ」

「なぜ、千里さんなんだ？」

「彼女は、おれの運命の女性なんだ。前世から、結ばれる運命にある女性なんだ。だから……」

森川が、説明を求めるように千里に目を向けてきた。

「私にも、よく分からないんです。いきなり現われて、前世や運命の話をされて……」

千里が言うと、森川は困ったように眉を顰める。

自分でも、曖昧な説明だと思うが、他にどう言っていいのか分からなかった。だが、今のやり取りで分かったこともある。この事態を解決する方法は、一つしかない。

「私がそちらに行きます。だから、陽子ちゃんを離して下さい」

千里は、ドアに向かって声を上げた。

自分でも不思議なくらい、落ち着いていた。

9

「ダメです！」

陽子は、ドアの向こうにいるであろう千里に向かって叫んだ。

背後にいる青年は、陽子の首に腕を回し、もう片方の手で尖った何かを背中に突きつけている。

下手に動けば、刺されるかもしれない――だが、さほど恐怖は感じなかった。

初対面ではあるが、この青年が人を殺すようには思えなかった。

「何を言ってるの。私がそっちに行けば……」

「絶対にダメです！」

陽子は、千里の言葉を遮り拒絶した。

「余計なことを言うな」

青年が、首に回した腕に力を込める。

「ちょっと、痛いから止めてよ」

陽子が声を上げると、青年は「ごめん……」と力を緩めた。

——やはりそうだ。

彼は、根っからの悪党ではないし、望んでこの状況を作り上げたわけではない。こんなことになって、一番動揺しているのは、彼自身かもしれない。

「森川さん。警察とか呼ばないで下さいね」

陽子が言うと、青年は「なっ！」と、驚きの声を上げる。

「何？　呼んだ方がいいの？」

陽子が言うと、青年は「いや、それは……」としどろもどろになる。

「分かった。警察は呼ばない」

ドアの向こうから、森川の声が返ってきた。

「それと、少しだけ静かにしていて下さい。危なくなったら、悲鳴を上げますから」

「大丈夫なのか？」

「はい。今のところ、大丈夫です」

「分かった――」

少しの間があったが、森川から返事があった。

森川も、今、彼を刺激するのは良くないという陽子の判断を、理解してくれたようだ。

――だが、問題はこれからだ。

「ねぇ、何で千里さんと話をしたいわけ？」

陽子は、軽い口調で訊ねた。

返答は無かった。

「教えてくれてもいいじゃない。それが分からないことには、協力したくてもできないでしょ」

「どうせ、信じない」

青年は、ふて腐れたように答えた。顔だけでなく、その態度もずいぶんと幼い。

「前世が関係してるの？」

「なぜ、それを知っている？」

――やっぱりそうだった。

会話の節々から、そうであろうと感じ取っていた。

少し前の陽子なら、前世がどうしたと喚《わめ》くこの青年を、妄想癖のある変人と切り捨てていただろう。

だが、才谷から前世の記憶を見せられた今なら、彼の言葉を受け容れることができる。

「前世で、千里さんとあなたは、恋人だったたってこと？」

「そうだ……」

「何で、そうだったたって分かるの？」

「夢で見たんだ」

「夢……」

「毎日、同じ夢を見た。あれは、間違いなく前世の記憶だ。だから、おれは千里さんを迎えに来たんだ」

最初、戸惑いの滲んでいた青年の声が、次第に熱を持っていく。

熱中すると、周りが見えなくなるタイプのようだ。

「本人は、嫌がってたわよ」

「きっと千里さんも、思い出せば、おれを受け容れてくれるはずだ」

青年は力強く宣言した。

彼が熱く訴えれば訴えるほど、陽子の心には、不快感が広がっていく。

「それって、おかしくない？」

「何がおかしいんだ？　二人は前世で……」

「だから、それがおかしいのよ！」

「どうして？」

「前世で恋人だったからって、現世でも、結ばれなきゃいけないの？」

「当たり前だ！」

青年の声は、自信に満ちていた。

だが、だからこそ余計に虚《むな》しく聞こえる。

「それって、つまらない生き方じゃない？」

「つまらない？」

「だって、前世は前世。現世は現世でしょ。前世を引き摺りながら生きなくたっていいじゃない。未来は、自分で選べるはずでしょ」

陽子は、才谷から前世を見せられたことで、大切なことに気付くことができた。

あのときは、いい体験をしたと感じたし、前世を忘れてしまうことを哀しいと感じた。

だが、青年の言葉を聞いていて、忘れることも重要かもしれないと感じた。

彼のように、前世の記憶に引き摺られ、現世を見失ってしまうこともある。

それに、前世での約束が全てだとしたら、現世で生きる意味なんて無い。未来は、過去の上に立っているが、自分たちの意思で選択できるものだ。

「違う。おれは、前世で千里さんと約束したんだ。生まれ変わったら、必ず再会しようって……」

「そうかもしれないけど、千里さんは、前世を忘れて、現世を生きているの」

「おれは……」

「あなたがやってることは、昔の恋人につきまとう、ストーカーと同じ」

「違う！」

「それに、夢で見たことを、勝手に前世だって思ってるだけかもしれないでしょ」

「違う、違う、違う！　あれは、間違いなく前世だ！」

青年は、激しく身体を揺すりながら叫ぶ。まるでオモチャをねだる駄々っ子だ。

「陽子ちゃん、大丈夫？」

ドアの向こうから、千里の心配する声がしたが、陽子は構わず続ける。

「そう思うなら、確かめてみましょうよ」

「確かめる？」

「ええ。このペンションには、前世が見える人がいるの」

「前世が見える……」

陽子の提案が、予想外のものだったらしく、青年は驚いていた。

「本当なのか？」

「本当です」

青年の問いに答えたのは、陽子ではなかった。

——誰？

「よっこらしょっ」

窓の方から声がする。

青年もそれに気付いたらしく、陽子を摑んだまま窓の方に身体を向けた。

その途端、窓からぬっと才谷が顔を出した。

第5章

前世の約束

1

「な、何だ、お前は！」

　悠人は、窓から顔を出した男に向かって叫んだ。

　男は慌てる悠人などお構い無しに、窓枠に手をかけ、じたばたと手足を動かしながら、部屋の中に入ってきた。

「初めまして。私は才谷梅太郎といいます」

　才谷と名乗った男は、柔らかい笑みを浮かべながら、ペコリと頭を下げた。

　端整な顔立ちなのだが、サイズの合わない黒いスーツが、アンバランスさを醸し出している。

「な、何しに来た……」

　悠人は、人質の陽子を引《ひ》き摺《ず》りながら後退《あとじさ》る。

「いや、それが森川さんから、スペアキーを持ってくるように頼まれたんですが、どうも見つからなくて……」

才谷は、照れ臭そうに頭をかいた。

陽子は事情を察したらしく、クスクスと押し殺した笑い声を上げているが、悠人にはさっぱり分からない。

「はあ?」

「いや、ですから、スペアキーが無かったので、内側から開ければいいと思ったわけです。それで、そこの雨樋《あまどい》を登ったんです。あなたも、そうしたんでしょ」

「え? あ、いや……」

飄々《ひょうひょう》としていて摑《つか》みどころが無い。調子の狂う男だ。

「ところで、あなたは前世が見たいんですよね」

「な、何?」

「雨樋を登りながら、会話を聞いていたんです」

「…………」

「見せてあげますよ。あなたの前世——」

才谷が、ずいっと歩み寄る。

彼は、本気で言っているのか、それとも、油断させて悠人を捕まえるつもりなのか

——判断がつかなかった。

「本当だよ」

陽子が、悠人の疑問を見抜いたように言う。

「何？」

「才谷さんは、前世を見せることができるの。占いとか催眠術とか、そういうんじゃなくて、ちゃんと映像として……いや、あれは、体験って言った方がいいかもしれない」

「嘘《うそ》だろ」

前世の存在は、もちろん信じている。

だが、それを他人に見せることができる人間がいる——そこが、悠人には信じられなかった。

「本当だよ。私も見せてもらったから」

陽子が言う。

彼女が、悠人の前世の話に耳を傾けたのは、自分が見ていたからなのかと納得しながらも、その話は疑わしい。

「どうします？　見るか見ないかは、あなた次第ですけど……」

才谷が歩み寄る。

「おれは……」

本当に前世が見られるなら、見たい気持ちはある。

悠人が見た前世は、夢を通じてのものなので、つぎはぎだらけの映像の断片に過ぎない。

だから、実際のところ、前世の自分が何者かも分からないし、なぜ愛する女性が死んだのかも、詳しい事情は理解していないのだ。

朧《おぼろ》気《げ》だったものを、補完できるのであれば知りたい。

だが、同時に怖さもあった。

真実を知ってはいけないと、心の奥で叫ぶ声がしていた。

「さあ、どうします?」

才谷が、首を伸ばして悠人の顔を覗き込む。

「おれは……」

後退ろうとした悠人は、床に落ちていたスタンドライトに躓《つまず》いてしまった。

あっ——と思ったときには遅かった。

後ろ向きに倒れ、ドアにしこたま頭を打ちつけた。

陽子を脅していた、凶器のボールペンが手を離れ、床に転がる。

這《は》いつくばりながら、拾おうとしたが、それより先に、悠人の腕から解放された陽子が、ボールペンを拾ってしまった。

「こんな物で、私や千里さんを脅していたわけ?」

バレてしまった。このままでは、捕まって警察に突き出されてしまう。そうなれば、千里に会えなくなる。

――それだけはダメだ。

「うわぁ！」

悠人は、陽子を突き飛ばす。

予想以上に力が入ってしまい、陽子は才谷ともつれ合うように床に倒れた。

――今がチャンスだ。

悠人は、ドアチェーンとカギを外し、部屋を飛び出した。

ドアの前に立っていた千里と鉢合わせになり、一瞬、動きが止まる。

――今なら、彼女を連れ去れるかもしれない。

伸ばそうとした手を、誰かに掴まれた。見ると、エプロンを着けた男が、怖い顔で立っていた。

「何で、こんなことを……」

悠人は言いかけた男を強引に振り払い、廊下を走り、階段を数段とばしに駆け降りた。

ラウンジのカウンター席と、テーブル席に、男が一人ずつ座っていた。突然の悠人の登場に、驚き固まっている。捕まえるところまでは、気が回っていないようだ。

――よし！

そのまま、出口に向かい逃げるはずだった。だが、出口の前には、黒い大きな犬が待ち構えていた。

威嚇《いかく》するように、ワン！　ワン！　と吠《ほ》え立て、今にも飛びかかろうとしている。

——ダメだ。

悠人は、すぐに引き返したが、階段からは才谷とエプロン姿の男が追ってくる。

——どうする？

「お前は、この前の……」

混乱する悠人に、カウンター席に座っていた中年の男が声をかけてきた。間近で見て、気がついた。

病院から逃げる際、悠人が車を奪った男だった。

「くっ……」

「こんなところで、何をしている？」

中年の男が詰め寄ってくる。

「どけ！」

悠人は、中年の男を突き飛ばし、カウンターを飛び越えて厨房に逃げ込んだ。

「逃げる必要はない。落ち着こう」

エプロン姿の男が、ゆっくりと歩み寄って来る。

なぜか、嫉妬《しっと》の念が湧き上がった。頭の中にあの浜辺の映像が過《よ》ぎった。

――彼を知っている。

悠人の中に、急速にその想いが膨らんでいく。

あのとき、浜辺にいたのは、千里と悠人だけではない。もう一人いた。それは、この男だ。

感覚に過ぎないが、それでも悠人は、そうであったと確信した。

やがて、その想いは一つの結論を導き出した。

「あんたが……彼女を殺したんだな……」

怒りとともに湧き上がった感情に任せて、悠人は厨房に置いてあった包丁を手に取った。

2

森川は、包丁を突きつける青年を見て、動けなくなった。

――彼は本気だ。

理由は分からないが、彼は明らかに森川に殺意を持っている。

「何ごとですか？」

声をかけてきたのは、有田だった。

いきなりの出来事に混乱しているのだろう。不安げな表情を浮かべている。

「ぼくにも、よく分からないんです」

森川自身、事情を把握していない。それ以外に答えようが無かった。

青年は、血走った目で森川を睨《にら》み続けている。

「とにかく、落ち着くんだ」

青年に歩み寄ろうとしたが、彼は威嚇するように、包丁を前に突き出す。

「あんたなんだな？」

「何の話だ？」

「あんたが、前世でおれの大切な女性を殺したんだ！」

「何を言ってるんだ……」

言いかけた森川の脳裏に、血塗《ちまみ》れで倒れている女の姿が浮かんだ。

才谷によって見せられた、あの映像だ。

——あのことを言っているのか？

だが、あれは前世などではない。才谷の催眠術によって見せられた映像に過ぎない。

必死に否定しようとしたが、頭から映像が離れない。

「あんたのせいで、おれと彼女は、結ばれなかったんだ。あんたさえ、いなければ……」

青年の目から、涙がこぼれ落ちた。

「違う。ぼくは……」

「黙れ！」

彼の涙に濡れた叫びが響き渡った。

森川も、有田も、汐見も、遠巻きに青年を見ていることしかできなかった。

「もう、止《や》めて下さい」

その声が、張り詰めた静寂を打ち消した。

階段の脇に立った千里が、哀しげな目を青年に向けていた。

「千里さん……」

青年の目から、怒りの色が消えた。

きっと、この青年を駆り立てているのは、純粋な想いなのだろう。だが、強過ぎる想いは、ときとして人の運命を狂わせる。

「あなたの話を聞きます。だから、これ以上、関係ない人を巻き込まないで下さい」

千里は、真っ直ぐに青年に向かって歩いて行く。

その力強い目を見て、森川は悟った。彼女は、自分が犠牲になることで、この場を治めようとしている。

――そんなのダメだ。

「千里さん」

森川は、半ば反射的に千里の腕を摑んだ。

「森川さん」

「行ってはダメです」

「でも……」

「その薄汚い手を放せ！」

青年は、顔を真っ赤にして叫ぶ。

――彼の想いは、純粋だからこそ、あまりに身勝手だ。

森川にも、怒りに似た感情が芽生え、身体の中を駆け巡る。

前世がどうであれ、愛情は強制するものではない。一方通行の想いは、純粋であろうとなかろうと、ただのエゴに過ぎない。

――そんなものは愛ではない。

「君は……」

言いかけた森川の言葉を遮るように、ミラノがワン！　と吠えた。

それが合図であったかのように、才谷が軽快な足取りで近づいてきて、カウンターのスツールに腰掛けた。

目の前には、包丁を構えた青年がいるというのに、まったくお構い無しだ。

「何を、そんなに興奮しているんです？」

才谷が、場の空気に不釣り合いな笑みを浮かべた。

「おれは、ただ……」

「ただ、何です？」

「あの男は、前世でおれの愛する女性を殺した。だから……」

青年は再び憎しみに震える視線を森川に向けた。

「だから、現世で復讐《ふくしゅう》するんですか？」

才谷が静かに言った。

「そうだ」

「そんなのバカげてる」

声を上げたのは、陽子だった。

「何がバカなものか！　愛する女性を失った哀しみが、あんたに分かるか？」

青年が大声で叫んだ。

その迫力に、陽子は口を閉ざしたが、才谷は相変わらずだった。

混沌《こんとん》としたこの状況の中で、彼だけは、全てを理解している——森川にはそんな風に見えた。

「あなたは、本当に失った哀しみを知っているんですか？」

「何？」

「だって、夢で見ただけでしょ」

「………」

「だから、体感してみましょう」

「体感？」

「そうです。あなたの前世を……」

そう言って微笑《ほほえ》む才谷を見て、森川は心がざわざわと揺れた。

3

「そんなこと、できるのか？」

悠人は、震える声で訊《たず》ねた。

さっき陽子も同じことを言っていた。前世を見せることができると――。

「できます」

才谷が力強く言う。

知りたい――その感情が悠人の心を支配する。

「おれは……」

「ただし、条件が一つだけあります」

「条件？」

「はい。あなたの記憶を、私に共有させて下さい」

「共有？　どういうことだ？」

「私には、捜している人がいます。あなたの前世の記憶に、その人を捜すヒントが隠れているかもしれませんから」

——同じだ。

この才谷という男は、悠人と同じように、大切な人を捜している。もしかしたら、唯一自分の気持ちを理解してくれるかもしれない。

「教えてくれ。前世で何があったのか……」

悠人の言葉に応えるように、才谷はゆっくり立ち上がった。

才谷の左手の人差し指が悠人の額に触れる。

電気が走ったような感覚のあと、急に目の前が真っ暗になった——。


悠人は、旅籠《はたご》と思《おぼ》しき木造の建物の前に立っていた。

袴姿《はかますがた》で腰には刀を差している。侍姿だ。

——これがおれの前世？

いつも夢に見る浜辺とは、違う場所であることに戸惑った。

「準備はいいか？」

声をかけられ、目を向けると二人の男が立っていた。悠人と同じように、袴姿で腰に刀を差している。

目だけが出るように黒い布で覆われていて、その顔は分からないが、どうやら悠人の仲間らしい。

「ああ」

悠人が短く答えると、男たちは刀を抜いた。

月に照らされて、刀身が不気味に光る。

気がつくと、悠人も刀を抜いていた。

——おれは何をやっているんだ？

悠人の疑問を余所《よそ》に、時間は流れていく。

一人の男が戸を開ける。中にいた、使用人と思しき男が、驚愕《きようがく》して目を剝《む》く。叫び声を上げようと口を開いたが、声を出す前に、胸から血を流して倒れた。

刀で斬《き》られたのだ。

斬ったのは——悠人だった。

——何だこれは？

顔を見合わせたあと、悠人は他の二人と一緒に、階段を駆け上がっていく。

襖《ふすま》が開いた。

奥の和室で、男二人が酒を酌み交わしていた。

悠人は、素早く部屋の中に飛び込み、男の額を横一文字に薙《な》いだ。

確かな手応えがあった。

だが、男は息絶えてはいなかった。身を翻《ひるがえ》して、床の間にある刀を掴もうとする。

そうはさせまいと、悠人は男の背中を袈裟《けさ》がけに斬った。

男は、まだ死なない。

血塗れになりながら、這うようにして、刀を手に取った。

――止めろ。もう止めろ。

悠人は、心の中で必死に念じた。こんなはずではなかった。悠人が知りたいのは、こんな前世ではない。これでは、ただの人殺しではないか。

だが、その願いも虚《むな》しく、悠人は真っ向に斬り下ろし、鞘《さや》ごと男の額をかち割った。

男は力なく倒れる。

流れ出した血で、畳が赤く染まっていく。

和室の奥で、黒い猫が毛を逆立てながら悠人を睨んでいた。

――これが、おれの前世？

「嫌だ。嫌だ。嫌だ。こんなのは認めない……」

悠人は、はっと目を開けた。

もとのペンションに戻っていた。悠人は、包丁を握ったままだし、才谷はカウンターのスツールに腰掛けていた。

ラウンジにいる人々は、何が起こったのか分かっていないらしく、呆然《ぼうぜん》と悠人を見ていた。

「こ、これが……おれの前世？」

「そうです」

才谷が、大きく頷《うなず》いた。

「嘘だ。こんなの嘘だ」

悠人は頭を振り、必死に否定しようとする。

だが、そうすればするほど、さっきの光景が鮮明に脳裏に蘇《よみがえ》る。

「嘘じゃありません」

「おれは……」

「あなただったんですね」

静かに言った才谷は、ぞっとするほど冷たい顔をしていた。

「な、何のことだ？」

「分かっているでしょ」

才谷が目を細めた。

その奥にある瞳は、全てを呑み込んでしまいそうなほど暗かった。

「え？」

「あなたの前世の中に、私も存在していました」

「存在って……」

「前世で――」

「止《よ》せ！」

「私を殺したのは――」

「言うな！」

「あなただったんですね――」

才谷の言葉は、悠人の心に強烈な衝撃となって広がった。

悠人が前世で斬った男。

あれが、才谷だったというのか――。

4

「才谷さん。どういうこと?」

今まで黙っていた陽子だったが、堪らず声を上げた。

才谷が、ゆっくりと振り返る。

その目は深く、暗く、そして哀しげだった。

「今、言った通りです。彼だったんです。前世で私を殺したのは……」

陽子は、ゾクリとして息を呑んだ。

——捜している人がいる。

才谷は、そう言っていた。彼が捜しているのは、自分を殺した人物——陽子は、そう受け取っていた。

それが、こんな形で見つかった。

だが、それを喜べるような状況ではない。なぜ、才谷は前世で自分を殺した人物を捜していたのか?

——おそらくは、復讐するためだ。

そして、今、復讐を果たすべき相手が目の前にいる。

「違う！　違う！　こんなの、おれの前世じゃない！　こんなことが、知りたかったんじゃない！」

青年は叫びながら、後退りして壁に背中を付けた。

恐怖なのか、怒りなのか分からないが、包丁を握ったその手がぶるぶると震えていた。

才谷が、ゆっくりと立ち上がる。

――ダメ！

陽子は叫ぼうとしたが、声が出なかった。

恐怖のあまりというより、才谷を止める権利が、自分にあるのかという迷いからだった。

「前世は変えられません。見たことが、真実なんです」

「違う！　おれは……」

「違いません。あなたは、前世で私を斬った」

悠人に近づこうとする才谷の肩を、森川が摑んだ。

「何をするつもりです？」

森川は、今までに見たことが無いくらい、怖い顔をしていた。

きっと彼も、才谷の目的を悟ったのだろう。

「決着をつけるんです」

才谷が、森川に笑顔を向ける。

張り詰めた空気の中、陽子はただ見ていることしかできなかった。

「それが、あなたの目的ですか？」

「全てではありませんが、目的の一つであることは確かです」

「そんなことしても、何も変わりません」

森川が、必死の形相で訴える。

だが、才谷は眉一つ動かさなかった。誰に何を言われても、決して自分の信念を曲げる気は無いのだろう。

「森川さんは、勘違いをしているようです」

才谷が、囁《ささや》くように言った。

「勘違い？」

「ええ。あなたは、変わらないと言った。ですが、私は、変えるために、この場所にいるんです」

才谷が森川の手を振り払い、青年に歩み寄って行く。森川はなおも才谷を押しとどめようと手を伸ばす。

次の瞬間、ミラノが走って来て、森川に体当たりをする。不意を食らった森川は、バランスを崩して床に倒れ込んだ。

「才谷さん！　ダメだ！」

森川が、ミラノと格闘しながら叫ぶ。

「来るな！」

青年は、パニックを起こして、絶叫している。

その顔は恐怖に歪《ゆが》んでいた。

その姿を見て、陽子の中にあった迷いが消し飛んだ。

——前世を引き摺りながら生きなくたっていいじゃない。

さっき、陽子自身があの青年に言った言葉だ。それを教えてくれたのは、他でもない才谷だ。

だが、このまま才谷が復讐を遂げるなら、あの青年と同じになってしまう。

「才谷さん！　止めて！」

陽子の叫びが届いたのか、才谷が振り返った。

「大丈夫」

才谷は、そう言って笑った。

——今のは、どういう意味？

5

「来るな！　来るな！」

悠人は泣きながら叫んだ。

こんなはずではなかった。前世を見れば、千里との運命が分かると思っていたのに、飛び込んできたのは、悠人が男を斬り殺す場面だった。

しかも、前世で悠人が殺した男は、目の前にいる才谷だ。

真っ直ぐ悠人に向けられた才谷の目には、強い情念が宿っているようだった。

――ここで、殺されるのか？

混乱する悠人の視界の片隅に、千里の姿が映った。憂いのある顔で、悠人をじっと見守っている。

彼女との約束を果たすまで、何があっても、進まなければならない。だから――。

「うわぁ！」

悠人は包丁を振り上げ、才谷に斬りかかろうとした。

その刹那《せつな》、頭の中にあの光景が蘇る。

そして気付いた。

悠人は前世で、千里のために、才谷を斬ったのだと――。

「何を、そんなに怯《おび》えているんですか？」

自分が殺されるかもしれないというのに、才谷は淡々とした調子で言った。

――怯える？

「おれは……」

「安心して下さい。私は、復讐に興味はありません」

「何？」

「憎くないと言ったら、嘘になります。ですが、私には、それよりもっと大事なことがあるんです」

「大事なこと……」

「あなただって、そうでしょ」

「おれが？」

「だから、まだ終わっていません――」

「何――」

「あなたを過去から――」

「え？」

「解放してあげましょう――」

才谷が、悠人の額に指を伸ばしてくる。

すぐにでも、包丁を振り下ろすことができたはずだ。なのに、どういうわけか、身体が動かなかった。

才谷に触れられるのと同時に、悠人の視界は真っ暗になった。


再び視界が開けたときには、悠人は浜辺に立っていた。

砂時計に似た岩がある、あの浜辺だ。

真っ赤に染まる夕焼けの中、岩の傍らに、女性が背中を向けて佇《たたず》んでいた。

――彼女だ。

悠人は、それを悟った。

声をかけようとしたが、それより先に女性が振り返った。その手には、鮮やかに咲いた紫花菜《むらさきはなな》を持っていた。

赤い光に照らされる彼女は、その花よりもはるかに美しかった。だが、そこに微笑みは無い。

蔑《さげす》むような視線を悠人に向けている。

「私のために、人を斬ったと仰《おつしや》るのですか？」

凛《りん》とした声で、彼女が言った。

「そうだ。お絹《きぬ》。これで、おれも名が売れる。金持ちになれる。名誉だって得られる。だから……」

　彼女に触れようと手を伸ばした。

　だが、彼女はそれから逃げるように身体を引いた。

「あなたは、そんなことのために、人を殺したのですか？」

「喜んでくれないのか？　お前のために……」

「本当に、私のためですか？」

「何？」

　喜んでくれると思っていたのに、なぜ、そんなことを言うのか、意味が分からなかった。

「私があなたを受《う》け容《い》れない理由が、お分かりですか？」

　彼女が、小さくため息を吐《つ》きながら言った。

「農民出で貧しいからだろ。だから、おれは……」

　剣の腕を磨き、海辺の田舎を出て、江戸の浪士組に入り、京に上ったのだ。そこで、何度も人を斬り、それなりの地位を築いてきた。

　それも、これも、全て彼女を自分のものにするためだ。

「貧しさなど、私に何とも思いません」

「だが……」

「あなたが人を斬ったのは、ご自身のためでしょう」

「違う。おれは……」

「何が違うのです？　あなたは、自分の出世のために人を殺す」

――あの人とは違う。

そんな彼女の内心の声が聞こえた気がした。

悠人の頭に、一人の男の顔が浮かんだ。

彼女や悠人の幼馴染みのあの男。いつでも、悠人の一歩前を歩き、常にその背中を追いかけてきた。

医者になると村を出て、江戸と長崎で西洋医学を学び、こんな辺鄙《へんぴ》な村に診療所を作り、ろくに治療代も取らずに、治療に没頭する貧乏医者だ。

彼女が、あの男に惚《ほ》れていることは知っていた。

だからこそ、あの男よりも、自分の方が優れていると証明しなければならなかった。

必死に走って、ようやく誇れる地位を手に入れたというのに――。

「あんな貧乏医者の、何がいいんだ」

「何も分かっていないのですね」

「何だと？」

「宗吉《そうきち》さんは、自らの誇りなどに興味は無いのです。ただ、救いたいのです。そんな彼だからこそ、私は、あの人の傍にいたい」

そう言った彼女の顔は、今までに見たことが無いほど美しかった。

だが、だからこそ、余計に心がかき乱される。

「どうしても、あの男がいいのか？」

彼女は答えなかった。

だが、その表情を見て全てを悟った。

どうあがいても、彼女が自分のものになることは無い。だが、あの男のものになるのは許せない。

今までの自分を、全て否定された気がした。

――止せ！　やめろ！

心の中で必死に叫んだが、無駄だった。

気がついたときには、刀を抜き、叫び声を上げながら――。

彼女を袈裟がけに斬りつけていた――。

再び、光が戻ったとき、悠人は包丁を握ったまま、ペンションの厨房に立ち尽くしていた。

「おれが……彼女を殺した……」

悠人は、譫言《うわごと》のように言った。

「どうやら、そのようです」

目の前に立つ才谷が、両手を広げてみせた。

悠人は、吸い寄せられるように、千里に目を向けた。彼女は、胸に手を当て、息を呑んで事態を見守っている。

初めて、彼女を見たとき、強く魂が引かれるような感覚を味わった。

だから気付いたのだ。彼女が、あの女性だと――。

今見た映像が、前世の真実だとするなら、悠人は、自らの一方的な想いに囚《とら》われ、暴走したことになる。そんなの――。

「嘘だ!」

悠人は叫ぶことで、全てを否定しようとした。

「嘘ではありません」

才谷が言う。

「嘘だ! あんなのは、嘘に決まってる! おれが、彼女を殺すはずが無いんだ……殺したのは……」

自然と涙が溢《あふ》れてきた。

曇った視界の向こうに、じっと立っているエプロン姿の男が見えた。
彼女を殺したのは、あの男のはずだったのに――。
「信じられないのなら、続きを見てみますか？」
才谷が、再び額に指を伸ばしてくる。
――嫌だ。
こんな前世なら、もう知りたくない。
逃れようとした悠人だったが、才谷が放つ不思議な力に逆らうことができなかった。
再び、意識は闇の中に墜ちていく――。

また、あの浜辺だった。
悠人は、血に塗れた刀を持ち、呆然と倒れている彼女を見ていた。
刀を持つ手が震えた。
彼女は、虫の息でありながら、まるで憐れむような視線を悠人に向けた。
――止せ！　そんな目で見るな！
心がぐらぐらと揺さぶられる。
悠人は、何も理解できないまま、ただ呆然とそこに立ち尽くした。
やがて、十徳《じっとく》姿の若い男が駆け寄ってきた。

――宗吉。

「なぜだ!」

宗吉は、悠人と女を交互に見たあと、悲痛な叫び声を上げた。

「全て、貴様が悪いのだ!」

だが宗吉は悠人の叫びなど聞いていなかった。

「なぜ、こんなことに……」

宗吉は、倒れているお絹に涙声で駆け寄る。

お絹は、宗吉の姿を認めると、ふっと表情を緩めた。そうして、愛《いと》おしそうに彼に手を伸ばした。

二人は、強く手を握り合っている。

その姿を見て、心の奥にじりじりと焼け付くような想いが芽生えた。これは、おそらくは嫉妬《しっと》の黒い炎だ。

宗吉とお絹は、血に塗れながら、お互いを慈しむように、抱き合っていた。その姿は、神々しくさえあった。

それを見て、悠人は悟った。

――そうだったのか。

手から、刀が滑り落ちる。

――おれは、何ということをしてしまったんだ。

ようやく、彼女の言葉の意味が分かった。自分しか見ていなかったのだと思い知らされた。

本当に、お絹を愛しているのなら、彼女の幸せを願うべきだった。現に宗吉は、そうだった。

それに引き替え、自分はお絹を所有物にしようとしたのだ。だから、振り向いてもらえなかった。

二人は最期の約束を交わしていた。生まれ変わったら、再び会おうと――。

お絹の手から、その命と一緒に、紫花菜が滑り落ちた。

――取り返しのつかないことをしてしまった。

悠人の頬から、止めどなく涙が溢れる。

そうして、改めて悟った。

自分も心の底から彼女を愛していたのだと――。

愛しているのなら、彼女の幸せを願い、あの男と、添い遂げさせてやれば良かった――。

自分のせいで、二人は引き裂かれてしまったのだ。

この現実を変えたかった。だが、いくらもがいても、過ぎた時を変えることはできない。

崩れ落ちるように浜辺に座した悠人は、小太刀を抜いた。

波の音が、哀しげに胸に響く。

「今度、生まれ変わったら、きっと……」

悠人は、小太刀の切っ先を自らの腹に突き立てた——。


「全部、おれのせいだったんだな……」

現実に引き戻された悠人は、才谷に向かって言った。

彼は何も答えない。

だが、それが答えであるように思えた。

千里に目を向ける。彼女は、最初から悠人を拒絶していた。あの前世から考えれば、それも当然のことだ。

エプロン姿の男が目に入った。

彼と正対した瞬間、強烈な嫉妬を覚えた。それも、前世から引き摺っていたものなのだろう。

生まれ変わっても、自分の身勝手さから、同じ過ちを繰り返してしまった。

自分のような人間は、生きているべきではない。

悠人は、包丁を強く握った。

前世の自分は、全てを悟り、自らの腹を切った。ならば――。

覚悟を決めた悠人は、包丁を振り上げた。

6

「止めろ！」

有田は、青年が包丁を振りかぶるのと同時に叫んだ。

彼にどんな事情があるのかは分からない。だが、彼が本気で死のうとしているのだけは、はっきりと分かった。

青年が、包丁を振り上げたまま有田を見た。

虚無感に支配された、暗い目だ――。

ついさっきまで、有田も同じ目をしていた。だからこそ――。

「バカなことは止めろ」

青年に歩み寄りながら訴える。

「何がバカなことだ。あんたに、おれの気持ちが分かって堪るか」

そう訴える青年の声は、ひどく震えていた。

自らが、死に向かおうとしている恐れから来るものではない。哀しみ、或いは絶望といったものから来ているのだ。

有田が、さらに青年に近づこうとすると、森川が肩に手をかけた。

「危険です」

森川の言う通りかもしれない。だが——。

「あんたには、分からんだろ。彼の気持ちが」

「え？」

「だから、おれが行くんだ」

有田は森川の手を振り切り、青年に歩みを進める。

彼の前に立っていた才谷が、身体をずらして道を空けてくれた。

——ありがとう。

心の中で礼を言う。

前世の記憶を共有した才谷だからこそ、今の有田の気持ちを分かってくれるのだろう。

「君に、どんな事情があるのかは、分からない」

青年の前で足を止めた有田は、彼の光を失った目を見ながら、口を開いた。

「だったら……」

「だけど、絶望は知っているつもりだ」

「絶望……」

「ああ。人生どん底で、このまま生きていたって、何も良いことはない。ついさっきまで、そう思っていたんだ」

我ながら滑稽《こっけい》だと思った。

数時間前まで自殺しようとしていたのに、今は、自殺しようとしている人間を止めようとしている。

だが、だからこそ分かることがある。

どうにもならない人生。絶望的な未来。表現は何だっていい。

そういう感情は、一度芽生えてしまうと、負の感情が連鎖して、瞬《また》く間に大きくなり、自分では歯止めがきかなくなるのだ。

闇に囚われ、結果、本当に大切なことを見失ってしまう。

誰かに手を差し伸べてもらわなければ、前に踏み出すことができなくなってしまうのだ。

その誰かは、有田にとって才谷であり、森川だった。

だから、今度は自分が——。

「分かるなら、放っておいてくれ」

「違う。絶望ばかりじゃない。希望があるはずだ。君は、それを見失っているだけだ」

「希望なんて無い……」

「あるさ」

「おれは……」

「死ぬことは、逃げることだ」

「おれは逃げたいんだ……」

青年は、身を捩《よじ》るようにして言った。

「死んだって、逃げられないぞ」

「え?」

青年は、驚いたように目を丸くした。

有田自身、前世を見るまでは、そのことに気付けなかった。

「死んだらお仕舞いなんだ。もう二度と、今は無い」

「それでも、おれは……」

「そうやって、また同じことを繰り返すのか?」

「同じこと……」

「死んで、新しく生まれ変わったとしても、結局は同じことだ。前世という過去は変えられない。変えられないから、今を逃げずに生きるしかないんだ」

「おれは、取り返しのつかないことをしたんだ……」

「だからこそ、今を生きるんだよ」

「だけど……」

「君は大丈夫だ。次の一歩が踏み出せるはずだ。そうだろ」

有田は、笑顔を作って青年に手を差し出した。

青年の目に、わずかではあるが、光が差したような気がした。

7

悠人は、きつく唇を噛《か》んだ。

本当は自分の腹を刺して、死ぬつもりだった。それを止めたのは、見ず知らずの中年の男だった。

何の義理も無いはずなのに、彼は言葉を尽くして悠人に訴えてきた。

——なぜ、そこまでするんだ?

最初は疑問の方が強かった。だが、次第に男の言葉に呑まれていった。

「次の一歩……」

中年の男が言った言葉を、自分で口にしてみる。

不思議だった。言うだけで、本当に、次の一歩が踏み出せるような気がしてきた。

「本当は、死にたくないんだろ」

中年の男が、笑顔で続ける。否定しようとしたが、思うように言葉が出てこなかった。

彼の言う通りなのかもしれない。本当は、生きたいのかもしれない。

「生きよう。惨めだって、恰好《かっこう》悪くたっていいじゃないか。生きていれば、それでいい」

「でも……おれは、許されない……」

不意に、その思いが身体を突き抜けた。

悠人は前世で出世のために才谷を斬り、嫉妬に駆られて千里を斬った。そうやって、人の命を奪った人間が、のうのうと生きていていいのか？

「恨んでないと言ったら、嘘になります」

囁くような声で言ったのは、才谷だった。

「やっぱり……」

「でも、前世のことです。現世のあなたが、やったことじゃない」

「おれは……」

「あなたも、苦しかったでしょう」

そう言って、才谷は慈しむような穏やかな目で悠人を見た。

「苦しい？」

「ええ。覚えているってのは、苦しいことなんです。前世にしろ、過去にしろ……」

才谷が首をすくめると、黒い犬が賛同するようにワンと吠えた。

確かに、才谷の言う通りかもしれない。

人は本来、忘れていく生き物だ。そうすることで、痛みや、苦しみや、哀しみといった負の感情を和らげている。

全てを覚えているというのは、辛いことだ。

「過去は幻影としての刺激を保ちながら、その生命の光と動きを取り戻して現在となる――ボードレールという人の言葉です」

「そうかもしれない……」

悠人は、掠《かす》れた声で言った。

それと同時に、身体の力が抜けていくようだった。

振り上げた包丁が、もの凄《すご》く重く感じられ、腕をだらりと垂らし、壁に背中を預けた。

大きく深呼吸をしてから、改めて中年の男に向き直った。彼は、悠人の心の変化を察したのか、嬉しそうに笑っていた。

悠人も、笑い返そうとしたとき、もう一人の中年の男が、悠然と歩み寄って来た。

知っている顔――悠人が、車を奪った人物だった。

「早く包丁を寄越せ！」

彼は憮然《ぶぜん》とした顔で言う。

「あっ、いや……」

「車を奪い、包丁を振り回し、お前はいったい何がしたいんだ？」

彼は、侮蔑《ぶべつ》のこもった視線を悠人に向ける。

「おれは……」

「こんなことをして、誰かが同情するとでも思ったのか？」

「違う。同情なんて……」

「いいから寄越せ！」

彼は捻《ひね》り上げるように、悠人の腕から包丁を奪い取ろうとした。

もはや抵抗するつもりは無かった。

だが、腕を取られた拍子にバランスを崩して転倒した。もみ合うような恰好になり、男も悠人に覆い被《かぶ》さるように倒れた。

「うっ！」

低い呻《うめ》き声がした。

何が起きたのか、悠人には理解できなかった。

起き上がろうとした悠人は、まだ自分の手に包丁が握られていることに気付いた。そして、その包丁は覆い被さった中年の男の胸に、深く突き刺さっていた。

「うわぁ！」

悠人は悲鳴を上げることしかできなかった。

8

――何だこれは？

汐見の胸に、焼け付くような痛みが走った。

包丁が胸に深く突き刺さっていた。

このペンションに足を運び、森川と顔を合わせただけでなく、思いがけず、自分の車を奪った青年と顔を合わせることになった。

彼は包丁を手に、意味不明に喚《わめ》き立てた。

中年の男が説得に当たり、周囲の人物は、収束に向かっていると判断したようだった。

だが、汐見はそれを危険だと感じた。

彼はまだ包丁を持っていたからだ。あれを奪い取るまで、気を許すべきではないのだ。

人は、そう簡単には変わらない。汐見は、今までの人生で、それを身をもって感じてきた。

病院内での権力闘争がそれを象徴している。表面上はゴマを擂《す》りながら、裏では辛辣《しんらつ》な陰口を叩《たた》き、蹴落《けお》とそうとする。

彼だって油断させておいて、再び暴れ出す可能性もある。

そう考えたからこそ、汐見は青年から包丁を奪い取ろうとした。

「クソッ……」

吐き出すように言いながら、身体を動かそうとしたが、思うようにいかなかった。

動転した青年は、汐見の身体を押しのけ、包丁を引き抜いた。

「ダメだ！　抜くな！」

森川の叫ぶ声がした。

だが、手遅れだった。包丁が抜けると同時に、大量の血が噴き出した。

血圧が低下し、手足の感覚が無くなっていく。

——このまま死ぬのか？

「しっかりして下さい！」

森川が、血相を変えて汐見の顔を覗き込んだ。

「森川……」

「救急車を呼んで下さい！　それと、タオルを！」

手際よく、指を差しながら森川が指示を飛ばす。

それを受けたラウンジの人々は、それぞれに役割をこなしていく。

「私を、助けるのか……」

汐見は、掠れた声で訊ねた。

「当たり前です」

「なぜだ……私が、憎くないのか……」

「命は平等に尊いものなんです」

森川の言葉は、力強かった。そして、深く汐見の胸に染み入った。

あのときも、同じことを言っていた。だが、汐見はそれを否定した。青臭い理想、或いは綺麗事だと思った。

だが、森川は本気だったのだ。それを、今さらのように感じた。

前にも、こんなことがあった。

あれは、いつだったか——考えを巡らせているうちに、目の前が白い光に包まれた。

気付くと汐見は暗い洞窟に立っていた。

どういうわけか、汐見は旧日本陸軍の軍服を着ていた。

手には拳銃を持ち、その銃口を向かいに立つ男の額に向けていた。

——この男は、森川だ。

顔は違うが、汐見はそう直感した。

「まだ分からんのか！　このままでは、全員死ぬんだぞ！」

汐見は森川に怒声を浴びせる。

「分かってます！　でも……」

「だったら、お前も来るんだ！」

「できません！」

森川は、顔を真っ赤にした。

――何だこの映像は？

汐見は、唐突に飛び込んで来た光景に、混乱した。

「竹地。許せ……」

汐見は、短く言ったあとに引き金を引いた。

洞窟に銃声が轟《とどろ》く。

森川が、崩れ落ちるように倒れた。

頭から血を流してはいるが、まだ死んではいない。撃ったのは、彼の耳だった。

「もう一度言う。一緒に来い。次は外さないぞ」

森川は、血を流しながらも、怯えや恐怖の表情はなかった。真っ直ぐな目を汐見に向けながら、ゆっくりと立ち上がる。

「できません！」

「貴様！」

目に涙を溜めた汐見が、引き金を引こうとした刹那、白い閃光が目を焼き、爆発音とともに身体が吹き飛ばされた。

しばらく、何が起きたのか分からなかった。

気がついたときには、汐見は仰向《あおむ》けに倒れていた。

右腕がなくなっていた上に、爆弾の破片が、身体中に突き刺さっていた。

大量の血が流れ出している。

——死ぬんだ。

そう思ったとき、森川が駆け寄ってきた。

「しっかりして下さい！」

そう声をかけながら、森川は汐見の治療を始めた。

「お前は、おれが憎くないのか？」

虫の息になりながら、汐見はそう訊ねた。

この男は、ついさっき、自分を殺そうとした男の命を、救おうとしているのだ。

「命は、平等に尊いものなんです。自分は、そう信じています」

森川は、必死に治療を続ける。

だが、分かっていた。傷は深い——。

汐見の意識は、現実に引き戻された。

「もういい。どうせ、助からん……」

汐見は、治療を続ける森川の手を摑み、絞り出すように言った。

優しい手だ——不意に、そんなことを思った。

森川の手は、誰に対しても平等だった。穢《けが》れのない、慈愛に満ちた手だ。本当に病院に必要なのは、彼のような人間なのだろう。

「諦《あきら》めるな！」

森川は、汐見の手を振り払い、再び治療に没頭した。

「私は……」

「患者が諦めたら、ぼくたちは希望を失う。だから、諦めないで下さい」

森川の顔は、今までに見たことがないほど、真剣で心に強く迫るものだった。

汐見は、病院の権力闘争の中で、人を信じられなくなったばかりか、知らず知らずのうちに、医者としての本分を見失っていたのかもしれない。

この男が、毎回、どういう思いで治療に当たっていたのか、その底にある強い信念を、今になってやっと知った。

医者とは、本来こうあるべきだ。

いや、違う。本当は、分かっていたのだ。

だから彼が去ったあと、探偵を雇ってまで居場所を捜させた。会って、どうしても、言いたかったことがあったからだ。

「すまなかった……」

口にするのと同時に、心がすっと洗われたような気分になった。

「え?」

「すまなかった……お前は、間違っていなかった」

「汐見先生……」

「だから、私などに負けるな……こんなところで燻《くすぶ》るな……。自分の道を行け。……私は、それが言いたかったんだ」

汐見は、森川の手を強く握った。

自然と涙が溢れ出した。

ようやく、なぜ森川を捜していたのか、その理由を悟った。汐見は、ずっと彼に謝りたかったのだ。だから——。

視界の隅に、真っ青な顔をして立っている青年の姿が見えた。

——今なら分かる。

彼は、変わろうとしていたのだ。自分の意思で、包丁を手放そうとしていた。それなのに、邪魔をしてしまった。

「悪かったな……」

汐見は、青年に声をかけた。

「なぜ……」

彼は、震えた声を上げる。

「君を信じてやれなかった……すまなかった……」

汐見の言葉の意味が分からないらしく、青年はただ呆然と汐見を見下ろしていた。

今は分からなくていい。だが、そのうち――。

「あなたは、凄いです」

才谷が、汐見の顔を覗き込んできた。

春の日差しのように、穏やかな笑みを浮かべていた。

「何が……だ？」

「自力で、前世のしがらみを解きほぐしてみせたんですから……」

「前世……そうかもな……」

さっき、一瞬だけ見た光景は、汐見と森川の前世だったのかもしれない。

本当は前世からずっと、森川に謝りたかったのかもしれない。なのに、同じことを繰り返してしまった。

だが、ギリギリになってしまったが、言いたいことが言えた。

——これで心残りはない。

汐見はゆっくりと瞼《まぶた》を閉じた。

「ダメだ！　死ぬな！　まだ、あなたには言いたいことがあるんだ！　お願いだ！　死なないでくれ！」

必死に叫ぶ森川の声が、段々と遠ざかっていった——。

第6章

それぞれの道

1

ラウンジのテーブル席に座った千里は、長いため息を吐《つ》いた。

時刻は午前二時を回っている。

森川は、汐見を運ぶ救急車に同乗して行った。

あの青年——悠人は、駆けつけた警察に任意同行で連れて行かれた。

千里たちも、警察から事情を訊《き》かれることになり、この時間になってようやく解放された。

警察は、故意による殺人、或いは傷害致死を疑っているようだったが、千里はそれを否定した。

悠人の自殺を止めるために、包丁を取り上げようとした汐見と、それに驚いた悠人。

二人はバランスを崩して倒れ、運悪く、包丁が汐見に刺さってしまった。

つまり、事故だった——。

最終的に判断するのは警察だが、千里はそう伝えた。

「どうぞ」

陽子が向かいの席に座りながら、千里の前に珈琲カップを差し出してきた。

「ありがとう」

千里は、カップを受け取りながら答えた。

「ついさっき、森川さんから連絡がありました」

「どうでした?」

「一命は取り留めたそうです」

「良かった……」

千里は、ほっと胸を撫《な》で下ろした。

汐見という人とは、初対面であるが、どこか懐かしい感じがしていた。無事で良かったと心から思う。

「何か、大変なことに巻き込んでしまって、すみません……」

陽子が意気消沈した様子で言う。

「いいえ。私にも、責任はありますから……」

「千里さんは、関係ないですよ」

「でも……」

「それに、責任というより、運命だった気がします」

「運命？」

「大げさな言い回しですけど、それしか、言葉が思いつかなくて」

「そうかもしれないですね……」

千里は曖昧《あいまい》に答えながら、珈琲を飲んだ。

適度な苦味と酸味があり、バランスのとれた味だった。

「陽子ちゃんが淹《い》れたんですか？」

「はい。インスタントですけど……美味《おい》しくないですか？」

「いいえ。とっても美味しい」

千里は笑顔で答えた。

嘘《うそ》ではない。だが、森川の淹れた苦い珈琲を飲んだあとだと、もの足りない気がしてしまう。

「あ、そうだ。千里さんも、泊まっていって下さいね。今日は、もう帰れないでしょうし」

「でも……」

陽子が、立ち上がりながら言う。

「有田さんにも、泊まってもらうことにしたんです」

確かに陽子の言う通りだ。さすがに、今からでは帰りようが無い。たとえ、帰る手立てがあったとしても、疲れているので、少し休みたい気分ではあった。

「ありがとう。そうさせてもらうわ」

千里が笑顔で答えると、陽子がカギをテーブルの上に置いた。

「私も、客室に泊まるので、何かあったら言って下さい」

「ありがとう」

「あ、あと、森川さん、もうすぐ戻るので、電気は点けっぱなしでいいって言ってました」

「そう」

「じゃあ、おやすみなさい」

「おやすみなさい」

挨拶《あいさつ》を交わすと、陽子はあくびをしながら、階段を上がって行った。

千里は、ゆっくりと時間をかけて珈琲を飲んでから、階段を上がり部屋に向かった。

興奮していて、眠れないかと思っていたが、ベッドに横になると、すぐに瞼《まぶた》が重くなった。

ほどなくして、意識が眠りに引《ひ》き摺《ず》り込まれていった──。


夢を見た──。

千里は海辺で佇《たたず》んでいた。

砂時計に似た、あの岩がある浜辺だ。

紫花菜《むらさきはなな》が咲いていた。

あの人の帰りを待っている。もう二度と会えないと分かっていても、それでも待っている。

だが、絶望に包まれていたわけではない。わずかではあるが、希望があった。

命は、巡り巡るものだから——。

与えられた今を、必死に生きていれば——。

再び会うことができる——。

たとえ、現世で離ればなれになろうとも、来世では——。

打ち寄せる波が、砂時計に似た岩に当たって砕ける。空には、海猫が飛んでいた。

「やっと会えたね——」

優しい声がした。

振り返ると、そこには笑顔の男の姿があった。

今までは、逆光でその顔は黒く塗《ぬ》り潰《つぶ》されていた。だが、今は、はっきりと見ることができる。

千里の知っている人物だった。

「会えると、信じていました」

千里も彼に微笑《ほほえ》みかける。

欠けていたものが、埋まったような気がした——。

2

部屋に入った有田は、サイドテーブルの上に置きっぱなしになっている遺書を手に取った。

自然と、笑いがこみ上げてきた。

ついさっきのことではあるのだが、人生に絶望し、こんな物を書いていた自分が滑稽《こっけい》に思えて仕方なかった。

才谷に見せられた前世の記憶——本当に、あれが前世だったのか、正直なところ分からない。

だが、その真偽は問題ではない。

あの光景を見たことで、自分の中で、本当に大切な物が何か——それに気付けたのだから。

コンコンとドアをノックする音が聞こえた。

ドアを開けると、眠そうな目をした陽子が立っていた。

「ついさっき、森川さんから連絡がありました。汐見さんは、一命を取り留めたって……」

「そうか。良かった」

どうやら、最悪の事態は免れたようだ。

「あの……」

陽子が、ばつが悪そうに俯《うつむ》いている。

「どうした？」

「あの……もう、大丈夫ですよね」

一瞬、彼女の言葉の意味が分からなかった。それほどまでに、自分の心境が変化していたのだと驚いた。

「ああ。もう大丈夫だ」

——もう、死のうなんてバカなことは考えない。

有田が笑顔で答えると、陽子は「良かった」とほっとした笑みを浮かべた。

「じゃあ、おやすみなさい」

「おやすみ」

お互いに挨拶を交わし、ドアを閉めた。

いい。
それから先のことは、じっくり考えよう。どんなに惨めでも、どんなに情けなくても
芳恵と正紀に対する感謝は直接本人たちに伝えればいい。
有田は、呟《つぶや》くように言うと、遺書を破いてゴミ箱に放り込んだ。
「もう、大丈夫だ」
――必死に生きてみせる。
前世の自分がそうであったように、今を生きるのだ。
強い覚悟を持って、有田はベッドに入った。
胸ポケットに、写真が入ったままになっていたことを思い出し、取り出してみる。
写真の中の有田は笑っていた。
いや、有田だけではない。芳恵も正紀も笑っていた。
きっと、今の有田も笑えているだろう。
不思議な一日だったが、このペンションに来て良かった。心の底から、そう思った。
ふと、あの青年の顔が浮かんだ。
前世の幻想に取り憑《つ》かれ、道を踏み外してしまった。だが、それで終わりじゃない。
人生はまだまだ続くのだ。
――彼は今ごろ、どうしているだろうか?

願わくば、罪を償い、新たな一歩を踏み出して欲しい——いや、きっと彼なら踏み出せるだろう。

楽観的と笑われるかもしれないが、そう信じている。

3

悠人は、留置場の布団の上で、膝を抱えて座っていた。

前世という妄想に取り憑かれて、とんでもないことをしてしまった。今になって、後悔が次々と押し寄せ、心が引き裂かれる思いだった。

「起きてるか？」

声に反応して顔を上げると、制服警官が鉄格子の前に立っていた。

「はい……」

悠人は、返事をした。

「被害者は、一命を取り留めたそうだ」

「そうですか……」

そこから先は、言葉にならなかった。身体が震え、止めどなく涙が溢《あふ》れ出した。

——君を信じてやれなかった……すまなかった……。

悠人が刺してしまった男は、血塗《ちまみ》れになりながら、悠人を見てそう言った。

どんな事情があるのか分からない。だが、自らが死にかけたあの状況で、初対面に等しい悠人を、信じようとしてくれたのだ。

いいや、彼だけではない。

自殺しようとした悠人を、必死になって止めようとした中年の男もいた。

いくら後悔したところで、過ぎた時間が戻ってくるわけではないし、自分の罪が許されるわけでもない。

だが、ここで立ち止まってはいられない。

──未来は、自分で選べるはずでしょ。

悠人が人質に取った、ペンションの女の子が言っていた言葉だ。

まさに、その通りだと思う。

前世では、大きな過ちを犯し、その罪の意識に押し潰されて、自らの命を絶った。そして、全てを忘れて、また同じことを繰り返してしまった。

だが、今回は、生きているうちに、その過ちに気付くことができた。

過去を、前世を引き摺る必要は無い。自分たちは、今を必死に生きて、未来を選択することができるはずだ。

だから、そのためにも、死ぬことは許されない。

エプロン姿の男が言っていた言葉が、頭を過《よ》ぎる。

――命は平等に尊いものなんです。

悠人も、心の底からそう思う。

今までは、そんな当たり前のことに気付けなかった。結果、自分勝手に振る舞い、他者を傷つけてしまったのだ。

そんな自分に、千里が振り向くはずは無い。

前世でも、現世でも――。

生きているのは、自分だけではない。だから――。

4

汐見が目を開けると、そこには森川の姿があった――。

「私は……」

「一命は取り留めました。でも、まだ安静にしていて下さい」

森川が、穏やかな笑みを浮かべながら言った。

「また、助けられたんだな……」

「いいえ。汐見先生が、生きたいと願ったんです」

「よく言う」

汐見は、つい笑ってしまった。

森川もそれに笑顔を返した。

「一つ、お願いがあります」

一呼吸置いたあと、森川が深刻な顔で言った。

「何だ？」

一緒に病院で働いていた頃を含めても、彼から何かをお願いされるのは、初めてのことだった。

「これは、事故だったということに、してもらえませんか？」

「どうして？」

「彼のやったことは、もちろん許されることではありません。罪を償うべきです。しかし、重すぎる罪は、彼の未来を奪ってしまいます」

また、他人の心配をしている。

何とも森川らしい。

「お前に言われるまでもない。これは、事故だ。彼は、包丁を捨てようとしていたのに、私が余計なことをしたんだ」

森川に気を遣ったわけではない。

あのとき汐見も、彼が包丁を捨てようとしていたことは、分かっていたはずだ。だが、信じ切れなかった。

人は、誰もが損得勘定で生きていると、偏った考えに支配され、余計なことをしたのだ。あのときと同じだ。

だが、純粋な善意によって行動できる人間だっている。

目の前にいるこの男のように――。

「ありがとうございます」

深々と頭を下げると、森川は病室のドアに手をかけた。

「森川」

汐見が呼び止めると、森川はゆっくり振り返った。

「何でしょう？」

「すまなかった……」

「止《や》めて下さい。らしくないですよ」

そう言って、森川は笑ってみせた。

作り笑いではない。本当に、嬉しそうな笑いだった。少なくとも、汐見にはそう見えた。

「汐見先生」

「何だ？」

「お元気になったら……少しだけ、お時間を下さい」

「時間?」

「はい。言いたいことがあります」

「言いたいこと?」

「あのとき、言えなかったことです」

森川の目は、真っ直ぐで、それでいて澄みきっていた。

「あとじゃなくて、今聞こう」

汐見が言うと、森川は驚いたように目を丸くする。

そのまましばらく黙っていたが、やがて小さく首を振った。

「お元気になったら、こちらから伺います」

「そうか。そのときは、あの不味《まず》い珈琲がもう一度飲みたいな」

「分かりました。では、ぼくはこれで……」

森川は、穏やかな笑みを残して、病室を出て行った。

5

森川は、疲れた身体を引き摺るようにペンションに戻った。

ふうっと息を吐いてラウンジのテーブル席に座ると、才谷が歩み寄ってきた。

「いろいろとすみませんでした」

声をかけながら、才谷が向かいの席に座る。

「いえ。才谷さんが謝ることじゃないです」

気を遣ったわけではない。本当に、そう思っていた。

確かに大変な出来事ではあった。だが、得るものがあったのも事実だ。

医者を辞めてから、引き寄せられるようにこのペンションに居着き、外界との接触をなるべく断ってきた。

それなりに充実した毎日だったが、それでも心の奥に、引っかかりを感じていた。

人生の再出発を図ろうと思っていたが、実際は過去を引き摺っていたのだと、今回の一件を通して、改めて思い知らされたような気がした。

「森川さん。あなたも見てみませんか？」

「何をです？」

「前世です。前のときは、途中で終わってしまいました。でも、今なら……」

才谷の申し出は、甘い誘惑のように森川の耳に届いた。

――前世か……。

最初は何かの冗談だと思っていた。だが、陽子や有日、それに悠人という青年が変わっていく姿を見ていて分かったことがある。

みな才谷によって自らの前世を見せられ、何かを感じ、そして変わっていったのだ。

これは、もはや疑いようのない事実だ。

森川も、才谷に前世を見せてもらえば、何かが変わるかもしれない。いや、きっと変わるのだろう。だが——。

「止めておきます」

「嫌ですか？」

才谷が、驚いた表情で言った。

「正直に言えば、興味があります」

それは嘘ではない。

「では、どうして？」

「ぼくは、このペンションに来てから、ずっと過去ばかりを振り返って生きてきました」

森川は、子どものように、駄々をこねていたのかもしれない。

自分のやるべきことは、そんなことではなかったはずだ。正しいと思うなら、最後まで闘うべきだったのだ。

それを、途中で諦《あきら》めてしまった。だから——。

「過去を振り返るのは、もう止めます。これからは、何をしてきたかではなく、何ができるかを考えるようにしたいんです」

森川が言うと、才谷はとても穏やかな笑みを浮かべた。

「そうですか……そうですね。あなたらしい」

「一つ、訊いていいですか？」

「何です？」

「あなたは、前世でぼくとかかわりがあったんですか？」

「過去を振り返るのは、止めましょう」

才谷の切り返しに、森川は思わず笑ってしまった。

確かに、彼の言う通りだ。

前世でこの才谷が何だったのかは、大した問題ではない。現世で、こうして言葉を交わしたことこそが、重要なのだと思えた。

「あなたに会えて、良かったです」

才谷が、握手を求めてきた。

森川は、それに応じて彼の手を握った。

肌が触れ合った瞬間、森川の脳裏に幾つかの映像が過ぎった――。

場所は分からない。畳が敷かれた和室に、十徳《じっとく》を着た男と、武士の姿をした男が、向かい合って座っていた。

外には、広大な海が見えた。

十徳を着た男が、武士の恰好《かっこう》をした男に、湯飲み茶碗を差し出す。

武士の恰好をした男は、それを一口飲むなり、喉を詰まらせたように、何度もむせ返る。

「これは何です？」

「珈琲という、西洋の飲み物です。薬にもなるそうです」

「ほう。それにしても、苦いですね」

武士の恰好をした男が言うと、十徳を着た男は、自らも湯飲みに入った黒い液体を口に含む。その途端、顔を歪めた。

「こりゃ苦い……」

「ええ」

「作り方を間違えたようです。やり直しましょう」

「いや、このままでいい。この苦さが、あなたらしさだ」

そう言って、武士の恰好をした男は笑った――。

場面が変わり、朝日が昇る浜辺に、二人の男が立っていた。

さっきの二人だ。

「私はね、この日本を変えるんです。それが、私の夢です。あなたは、どうですか？」

「私は、医者になって、できるだけ多くの人の命を救いたい」

「そうですか……あなたらしい。また、いつか、どこかで会えるといいですね」

「そうですね。きっと会えますよ」

「楽しみにしています」

二人の男は、そう言って固い握手を交わした。

感覚でしかないが、一人は自分だと分かった。そして、もう一人はおそらく——。


「どうしました？」

才谷に訊《たず》ねられ、森川ははっと我に返った。

「いえ、何でもないです」

「そうですか……では、おやすみなさい」

才谷は、ミラノと一緒に階段を上がって行った。森川は、それを見送ってから窓の外に目を向けた。

暗かった空が白み始めていた。もうすぐ朝になる。

——やっぱり、見ておけば良かったかな。

森川は、内心で呟いた。

6

千里は、満ち足りた気分で目を覚ました。

こんなに穏やかな眠りは、本当に久しぶりのことだった。

ベッドから起き上がり、カーテンを開けると、輝く海と、砂時計に似た、あの岩が見えた。

名残惜《なごり》しいが、帰らなければならない。

ラウンジに降りると、厨房で朝食の支度をしている森川の姿があった。

「おはようございます」

森川が、千里に気付いて顔を上げた。

「おはようございます」

千里は笑顔を返す。

「よく眠れましたか?」

「ええ。とても」

「もう、お帰りですか？」

森川が、千里のバッグに目をやった。

「ええ」

「そうですか……」

森川は無表情に言った。

——止めてはくれないんだ。

不意に、そんな想いが千里の頭を過ぎったが、昨日会ったばかりの人に、何かを期待する滑稽さに気付き、苦笑いを浮かべた。

「あの、お会計は——」

千里が訊ねると、森川は困った顔をした。

「受け取れません。いろいろとご迷惑をおかけしてしまいましたから」

森川が、恥ずかしそうに鼻の頭をかいた。

「でも……」

「いいんです。気にしないで下さい。その代わり……」

途中で、森川が言《い》い淀《よど》んだ。

「何でしょう？」

「いや、何でもないです」

森川は、長い沈黙のあと、小さく首を振った。

その瞬間、千里の中で、何かがプツッと切れたような気がした。それは、今まで自分を縛っていた運命の糸だったのかもしれない。

千里は、自らの頭に浮かんだ少女じみた幻想に、思わず笑ってしまった。決められた運命なんて無い。未来は、自分で選ぶものなのだ。

「森川さん。本当にいいんですか？」

厨房の奥から陽子が飛び出してきて、森川の腕を引っ張る。

「何が？」

森川が、惚《とぼ》けた調子で答える。

「ああ、もう！」

地団駄を踏んだ陽子は、千里に駆け寄ってきた。

「本当に帰っちゃうんですか？」

「ええ」

「本当の、本当に？」

「そのつもりだけど……」

「あの、森川さんって、ああいう人なんです」

陽子が、森川を指差しながら言う。

だが、千里には彼女の言わんとしていることが、分からなかった。

「とっても、いい人ね」

千里は笑顔で言ったが、それは陽子の求めている答えとは違うらしく、彼女は呆《あき》れたようにため息を吐く。

「もう……」

「心配しなくても、大丈夫だよ」

会話に入ってきたのは、才谷だった。

サイズの合わないスーツも、見慣れてしまうと、彼に似合っているように思える。

「ええ、でも……」

「前世に縛られるのは良くない。森川さんも、千里さんも、今を生きているのだから。二人は、新しい未来を選択した。それだけのことです。そうでしょ」

才谷が、急に千里に目を向けた。

「ええ、まあ……」

何のことだかよく分からないが、千里は曖昧に頷《うなず》いた。

「そういうものかな……」

陽子は不服そうだったが、それ以上は何も言わなかった。

「それでは、いろいろとありがとうございました。とても、楽しかったです」

千里は、深く頭を下げてからペンションを後にした。

いつの時代も変わらぬ空の、そして海の青さが眩《まぶ》しかった。心地好い潮風に吹かれながら、千里はゆっくりと歩みを進めた。

足取りが軽かった。

今まで囚《とら》われていた何かが、吹っ切れたような気がした。

名残惜しいが、前を向いて歩いて行こう。

7

有田が部屋を出て、ラウンジに降りると、カウンターに座る、才谷の背中が見えた。

厨房には、森川と陽子が並んで立っていた。

「おはよう」

有田が声をかけると、才谷が険しい顔で振り返った。

――朝から、何て顔だ。

思いはしたが、その理由はすぐに分かった。彼は、珈琲カップを持っていた。どうやら、森川の珈琲を飲んでしまったようだ。

「おはようございます。珈琲はいかがですか？」

森川が声をかけてきた。

「いただくよ」

有田が答えると、才谷と陽子が驚いた顔をした。

確かに森川の珈琲は苦くて不味い。だが、慣れてしまえば、どうということは無い。

それに、美味《うま》い珈琲ばかりでは、飽きがくる。人生と同じだ。

「有田さんは、これから、どうするんですか？」

才谷が、声をかけてきた。

「やり直すことにした。おれは、まだ生きている」

有田は、答えながら彼の隣に腰掛けた。

将来の見通しも仕事も無い。だが、つまらぬプライドを捨てれば、生きていくことはできる。

自分には、家族がいるのだ。家族のためなら、どんな苦渋でも嘗《な》めてみせる。

だから、もう一度頑張ってみる。自分が生まれ育った――いや、前世をも過ごしたこの街で、再スタートを切るつもりだ。

「それは良かった」

才谷が言うのに合わせて、足許のミラノがワンと吠《ほ》えた。

何だか、勇気をもらった気がする。

「才谷さんは、どうするんです？　ここの従業員になりますか？」

冗談めかして訊ねた。

「いいえ。そろそろ行きます。捜している人がいるので……」

「才谷さんの捜している人って、昨日の彼じゃないんですか？」

会話に入ってきたのは、陽子だった。

「違います。別に、私は復讐《ふくしゅう》がしたかったわけじゃないんです」

「じゃあ、誰を捜してるんです？」

有田が訊ねると、才谷は目を細めて窓の外を見た。

憂いと哀しみの入り混じった顔だった。

「私の愛する人です」

「前世の恋人？」

「ええ。まあ、そんなところです」

そう言って才谷は笑った。

「ねぇ、もし、向こうが覚えていなかったら、どうするんですか？」

訊ねたのは陽子だった。

彼女の疑問はもっともだ。もし、覚えていない相手に、運命がどうしたと騒ぎ立てれば、昨晩の青年の二の舞になる。

「それなら、それでいいんです。私が約束したのは、彼女と添い遂げることではなく、彼女を幸せにすることです。今、彼女が幸せかどうか、確かめるだけでいいんです……」

「本当に、それでいいの？」

「いいんです。さっきも言ったでしょ。未来を選ぶのは、前世ではなく、今を生きる自分自身なんです」

才谷は、誇らしげに言うと、立ち上がった。

詳しい事情は分からなかったが、言わんとしていることは、感覚として理解できた。

「本当に行くのか？」

有田が訊ねると、才谷は大きく頷いた。

朝の日差しに照らされた彼のシルエットは、とても美しかった。

「ええ、行っちゃうの？」

陽子が子どものような駄々をこねる。

だが、彼女自身、才谷を引き留めることができないと、分かっているようだった。

彼には、彼の目的がある。果たさなければならない約束があるのだ。名残惜しい気持ちはあるが――。

「いろいろ、ありがとう」

有田が言うと、才谷は目を細めて笑った。

「私は、何もしていません」

「いいや。生きる力を与えてくれた」

「違います。生きる力は、誰にでもあるんです。ただ、忘れていただけのことです」

――忘れていた。

確かにその通りかもしれない。誰もが生きる力を持っている。だが、当たり前に生きていると、その大切さを忘れてしまうのだろう。

人の魂が巡っているのであれば、死は逃げ道にはならない。同じことを繰り返すだけだ。

そうならないためにも、今を必死に生きなければならない。

「では、失礼します」

才谷は、そう言うとミラノと一緒にペンションを出て行った。

8

――行ってしまう。

そう思うと、いても立ってもいられず、森川は、厨房を飛び出し、才谷を追いかけた。

「本当に、行ってしまうんですか？」

森川は、海岸沿いの道を歩いている才谷を呼び止めた。

振り返った彼は、とても穏やかな表情をしていた。

「ええ。約束がありますから」

「そうですか……」

――引き留めてはいけないんだな。

森川は、そのことを悟った。前世からの約束を守ることが、今の彼の生きる意味だからだ。

それを奪うことは、誰にもできない。

「もう少し、話をしたかったですね」

森川が言うと、才谷は意外そうな顔をした。

「何だか、今生《こんじよう》の別れみたいですね」

「え？」

「大丈夫。きっと、また会えます。魂は、引き合いますから」

「そうですね」

「それまで、珈琲の味を変えないで下さい。あなただと、分からなくなってしまう」

それが、才谷の最後の言葉になった。

森川は、海沿いの道を歩いて行く才谷の背中を、黙って見送った。やがて、青い空に溶けるように、彼の姿は見えなくなった。

唐突に現われ、唐突に去っていく——本当に、不思議な男だった。

——いつかまた。

森川は、内心で呟いてから、ペンションに戻った。

「本当に行っちゃったんですね」

陽子が、意気消沈した声で言った。

「ああ。でも、また会えるさ」

森川は、明るく言ってから、珈琲を淹《い》れ始めた。

「才谷さんって、何者だったんですかね？」

陽子は、カウンターに頬杖をつき、しみじみと口にする。

「あっ！」

何かを思いついたらしく、有田が声を上げた。

「どうしたんです？」

「今、思い出した！」

有田の声は、興奮で弾んでいた。

「何をですか？」

「才谷梅太郎という名前、どっかで聞いたことがある気がしたんだ」

「それで？」

「あれだよ。坂本龍馬《さかもとりようま》の変名が、才谷梅太郎だった」

――まさか。

否定しようとしたが、それより早く、陽子が「それだ！」と立ち上がった。

「絶対そうだよ。あの人、坂本龍馬だったんだよ」

宣言した陽子は、とても嬉しそうだった。

「そうかも……」

言いかけたところで、森川は息を呑んだ。ゆっくりと、カウンターに置かれた珈琲カップに手を伸ばす。

そのカップは、ミラノというメーカーのものだ。

彼が連れていた犬も、ミラノといった――単なる偶然だろうか？

思考を巡らす森川は、珈琲豆の入った袋に目を向けた。INATIA'Sというメーカーの名前が印字されている。これを逆から読むと、SAITANI《サイタニ》になる。

さらに、カップをよく見ると、梅の花が描かれていた。

才谷梅太郎に、ミラノ――これは、単なる偶然だろうか？

もし、これらの連想から、才谷梅太郎という偽名を名乗ったのだとしたら、彼はいったい何者だったのか——。

森川は、ふっと笑みを浮かべて、頭に浮かんだ疑問を振り払った。

有田や陽子が言うように、彼が坂本龍馬だったという方が夢がある。それに、彼が何者だったかなんて、さほど問題ではない。

彼が、自分たちに残したものこそ重要なのだ。

「どうぞ」

森川は、一呼吸置いたところで、出来上がった珈琲を、有田の前に置いた。

彼は、珈琲を一口飲んでから、顔を顰《しか》めた。

「不味い」

「ほら、やっぱインスタントにしましょうよ」

陽子が、肘で森川を突っつく。

確かにインスタントの方が、美味しい珈琲を淹れることができる。だが——。

「これが、たぶん最後の珈琲だ」

「どういうこと？」

森川の言葉に、陽子が目を丸くした。

「ここを閉めようと思うんだ」

昨晩からずっとそのことを考えていた。

ペンションでの暮らしは、心地好いものだった。だが、これ以上、それに甘えて殻に閉じこもっていることはできない。

前を向いて、今を生きなければならないからだ——。

「嘘！　ヤだよ！　そんなのヤだ！」

陽子が激しく首を振る。

ほとんど、泣いていると言ってもいい顔だった。

「ごめん……」

森川には、それしか返す言葉が無かった。

「分かってあげなさい。森川さんも、考え抜いた末の結論なんだから」

陽子を慰めるように言ったのは、有田だった。

昨日の彼からは、想像もできないような言葉だった。だが、森川も他人のことを言えた義理ではない。

ここを閉めようなど、昨晩までは微塵《みじん》も考えたことが無かったのだから。

「分かってるよ。分かってるから、嫌なんだよ……」

陽子は、ついに泣き出してしまった。

それから、時間をかけて陽子を説得することになった。有田の手助けもあって、何とか陽子は泣き止み、最後は了承してくれた。

ただ、今、仕事が無くなるのは困ると、陽子から一つ条件を出された。それは、このペンションの次のオーナーを捜し、ペンション自体は存続させることだ。

一見、難題に思えるが、森川には心当たりがあった。

過去を深くは知らないが、自殺しようとした青年を必死で止め、不味い珈琲をわざわざ飲もうとする彼なら、しっかりとここを引き継いでくれそうな気がする。

終章

現世の記憶

厨房に立った陽子は、ぼんやりと窓の外を眺めていた。

シーズンに入ったこともあり、海は人で溢《あふ》れ返っている。賑《にぎ》やかではあるが、陽子は静かな海の方が好きだ。

相変わらず、ペンションでアルバイトをしている。

ただ、無駄に時間を浪費しているわけではない。空いている時間を使って、絵本を書いている。

ものになるかどうかは分からない。だが、やることにこそ価値があると思っている。

「陽子ちゃん。少し休んでいいよ」

声をかけてきたのは有田だった。

森川がこの地でやり直すなら、ペンションのオーナーはどうかと持ちかけたのだ。

必要な物は全部残していった。それに、物件の代金も、出世払いという大盤振る舞いをしたのだ。

有田にとっては、またとない条件で、彼は二つ返事で了承した。

こういう商売に不慣れで、手際が悪いこともあるが、森川よりははるかに効率的に仕事をこなしていると思う。

「はーい」

陽子は、厨房を離れてラウンジの椅子に座った。

大きく伸びをしてから、書きかけの手紙に、ペンを走らせる。

「ただいま」

買い物に出ていた、有田の妻の芳恵と、息子の正紀が戻ってきた。あのあと、二人もこの地に引っ越してきて、一緒に働いている。

厨房に荷物を運び入れたあと、正紀が陽子の向かいに座った。

想定外だったのは、正紀が、かなりいい男であったことだ。陽子より年下で、少し頼りない感じはあるが、逆にそういうところが好ましく思えてしまう。

「何を書いてるの？」

正紀が、声をかけてきた。

「手紙」

「何で手紙なの？　メールの方が早いでしょ」

「メールには、心は込められないの」

「で、誰に書いてるの？」

「教えない」

陽子は、意味深長な笑みを作ってから手紙を隠した。正紀が不服そうに口を尖《とが》らせる。

嫉妬《しっと》のこもった視線が心地好かった。悪趣味だろうか――。

本当は隠すような手紙ではない。森川に、近況を綴っているだけなのだ。

「で、どうだった？」

陽子は、気持ちを切り換えて正紀に訊《たず》ねた。

「見つかったよ」

正紀は、「ちょっと待ってて」と言って自分の部屋に戻ると、得意そうに、持ってきた古い文献をテーブルの上に置いた。この地の郷土史だ。

「凄《すご》い！」

陽子は、歓声を上げる。

この本をずっと探していたのだ。図書館を探したのだが、見つからなかった。半ば諦《あきら》めかけていたところに、正紀が「手に入るかも」と話を持ちかけてきたのだ。

「民俗資料館にあったんだ。昨日、すぐに戻そうと思ったんだけど、おれもいろいろ調べてみたくて」

正紀が、郷土史をトントンと指で叩《たた》いた。幾つか付箋《ふせん》が付けられていた。

意外と気が利く。

陽子は、付箋の貼ってあるページを開き、じっくりと目を通す。

「あった！」

陽子は、文字を読みながら思わず声を上げた。

予想していた通りだった。ペンションのあったこの場所には、幕末から明治にかけて診療所があったのだ。

そして、その診療所の前で撮影したと思われる写真が一枚――。

才谷に見せられた映像は、ただの幻ではないという証拠だ。あれは、紛れもなく前世の記憶だった――。

本当はそれだけでは決めつけられないのだが、それでも、そう信じたいと思う。

「約束は、守ってよね」

陽子の思考を遮るように、正紀が言った。

「約束？」

本当は、分かっているのに、惚《とぼ》けてみせる。

正紀は陽子の調べものに協力するにあたり、ある条件を出した。

――手伝うから、おれとデートしてよ。

顔を真っ赤にして、緊張でしどろもどろになっている姿は、笑ってしまうほどかわいかった。

「忘れたの？」

いかにも困ったように、正紀が眉を下げる。

「うん。覚えてない」

「ああ、もう……」

苛立《いらだ》たしげに言ったあと、正紀は頬杖をついてふて腐れてしまった。

正紀とデートをするのが嫌なわけではない。むしろ、そうしたいと思う。だけど、手伝ってくれたから仕方なく――という状況がいけない。

そういう条件を抜きにして、ちゃんと誘ってくれたら、ＯＫするつもりでいる。だが、奥手な正紀のことだ。そうなるのは、もう少し先だろう。

――こんなことを言っていると、森川のように逃がしてしまうかもしれない。

陽子は、そんなことを考えながら、改めて古い写真に目を向けた。

そこには、何人かに囲まれて、医者らしき男と、その隣で微笑《ほほえ》む女の姿があった。

森川と千里は、前世からつながりのある二人だったと陽子は確信している。陽子の前世の記憶にも出てきた、宗吉とお絹の二人だ。

お互いに、それは分かっていたはずだ。それなのに、二人は離れて別々の道を行ってしまった。

――今ごろどうしてるだろう？

＊　＊　＊

電車に揺られながら手紙を読んでいた森川は、思わず笑みを漏らした。

周囲の視線を感じ、慌てて笑いを引っ込める。

いい大人が、電車の中でニヤニヤしていたのだ。奇妙な奴だと思われただろう。

陽子からの手紙が届いたのは、今朝のことだった。いや、正確には、届いていたのは昨日だ。

勤め始めた病院に行くために部屋を出て、マンションの集合ポストを開けたところ、手紙が入っていたのだ。

職場に着いてから読めばいいのだが、どうにも中身が気になって、電車の中で読み始めてしまった。

いろいろ心配もあったが、元気そうで何よりだ。

かくいう森川も、ようやく本来の自分のあるべき道に戻り、忙しくも、充実した日々を過ごしている。

やがて電車は目的の駅に到着した。

森川は、手紙を持ったまま電車を降り、改札へと続く階段を上った。

こうやって今、歩いて行けるのも、才谷のおかげだ。

——彼は、今ごろどうしているのだろう？　捜している人とは無事会えたのだろうか？

想像してみたが、その答えは出ない。

だが、答えを見つけようとしているわけではないので、これでいい。こうやって、ときどき、彼のことを思い返すことこそが目的なのだから。

「あっ」

改札を出たところで、女性とぶつかってしまった。

考えごとをしながら歩いていたせいで、周囲に目が行っていなかった。

「すみません。大丈夫ですか？」

森川は、ぶつかってしまった女性に声をかける。

「はい。こちらこそ、すみません……」

女性が顔を上げた。

一瞬、時が止まった——。

知っている女性だった。彼女も、森川に気付いたらしく、嬉しそうに笑った。

——魂は、引き合いますから。

才谷の言っていた言葉が、頭を過《よ》ぎる。

「お久しぶりです……」

森川は、会釈《えしやく》したあとに、彼女の名を呼んだ――。

あとがき

「イノセントブルー　記憶の旅人」を読んで頂き、ありがとうございます――。

こうして文庫化することができたのも、ひとえに応援して下さった皆様のおかげです。この場を借りてお礼申し上げます。


本作を単行本で出版したとき、どうして前世を扱った作品を書いたのか――という質問を、驚くほど多く頂きました。

中には、才谷《さいたに》と同じように、私には実際に前世が見えていると考えた人もいたほどです。


残念ながら、私には前世を見ることはできません。

ですから、これといった意味はなく、単なる思いつきで――と言いたいところですが、こうして時間をかけて、作品にしているわけですから、私の中に、前世の記憶を意識する何かがあったことは間違いないでしょう。

色々と考えてみたのですが、今にいたるも、なぜ前世だったのか、明確な答えを見つけることはできていません。

しかし、今回の文庫化にあたり、改めて原稿を見直していて、気付いたことがあります。

私は前世の記憶をめぐる物語が描きたかったというよりは、今を生きる人たちの物語が書きたかったのだと思います。

人は、現在を生きるためには、過去を切り離すことはできません。過去と向き合うことで、初めて今が見えてくる――そんな気がしています。

物語に登場する前世の記憶は、そうしたものの象徴のような存在だったように思います。

願わくは、また過去と向き合い、今を生きる人たちの物語が書きたいものです。

本文デザイン／坂野公一（welle design）

本作品は二〇一三年一月、集英社より刊行されました。

集英社文庫　目録（日本文学）

金子光晴　女たちへのいたみうた　金子光晴詩集
金城一紀　映　画　篇
金原ひとみ　蛇にピアス
金原ひとみ　アッシュベイビー
金原ひとみ　AMEBICアミービック
金原ひとみ　オートフィクション
金原ひとみ　星へ落ちる
兼若逸之　兼若教授の韓国ディープ紀行　釜山港に帰れません
加野厚志　龍馬暗殺者伝
加納朋子　月曜日の水玉模様
加納朋子　沙羅《さら》は和子《わこ》の名を呼ぶ
加納朋子　レインレイン・ボウ
加納朋子　七人の敵がいる
下野康史　「運　転」　アシモからジャンボジェットまで
鎌田　實　がんばらない
鎌田　實／高橋卓志　生き方のコツ　死に方の選択

鎌田　實　あきらめない
鎌田　實　それでもやっぱりがんばらない
鎌田　實　ちょい太でだいじょうぶ
鎌田　實　本当の自分に出会う旅
鎌田　實　なげださない
鎌田　實　たった1つ変わればうまくいく　生き方のヒント幸せのコツ
鎌田　實　いいかげんがいい
鎌田　實　がんばらないけどあきらめない
鎌田　實　空気なんか、読まない
上坂冬子　あえて押します横車
上坂冬子　上坂冬子の上機嫌　不機嫌
上坂冬子　私の人生　私の昭和史
神　永　学　イノセントブルー　記憶の旅人
加門七海　蠱《こ》
加門七海　うわさの神仏　日本闇世界めぐり
加門七海　うわさの神仏　其ノ二　あやし紀行

加門七海　うわさの神仏　其ノ三　江戸TOKYO陰陽百景
加門七海　うわさの人物　神霊と生きる人々
加門七海　怪のはなし
加門七海　猫　怪　々
香山リカ　NANA恋愛勝利学
香山リカ　言葉のチカラ
川上健一　宇宙のウインブルドン
川上健一　雨　鱒　の　川
川上健一　らら のいた夏
川上健一　跳べ、ジョー！　B・Bの魂が見てるぞ
川上健一　ふたつの太陽と満月と
川上健一　翼はいつまでも
川上健一　虹の彼方に
川上健一　BETWEEN《ビトゥイン》　ノーマネーand能天気
川上健一　四月になれば彼女は
川上健一　渾　　身

集英社文庫　目録（日本文学）

集英社文庫　目録（日本文学）

北方謙三　風裂 神尾シリーズV
北方謙三　風待ちの港で
北方謙三　海嶺 神尾シリーズVI
北方謙三　雨は心だけ濡らす
北方謙三　風の中の女
北方謙三　コースアゲイン
北方謙三　水滸伝一～十九
北方謙三・編著　替天行道 ―北方水滸伝読本
北方謙三　魂の岸辺
北方謙三　棒の哀しみ
北方謙三　君に訣別の時を
北方謙三　楊令伝 一 玄旗の章
北方謙三　楊令伝 二 辺烽の章
北方謙三　楊令伝 三 盤紆の章
北方謙三　楊令伝 四 雷霆の章
北方謙三　楊令伝 五 猩紅の章

北方謙三　楊令伝 六 徂征の章
北方謙三　楊令伝 七 驍騰の章
北方謙三　楊令伝 八 箭激の章
北方謙三　楊令伝 九 遥光の章
北方謙三　楊令伝 十 坡陀の章
北方謙三　楊令伝 十一 傾暉の章
北方謙三　楊令伝 十二 九天の章
北方謙三　楊令伝 十三 青冥の章
北方謙三　楊令伝 十四 星歳の章
北方謙三　楊令伝 十五 天穹の章
北方謙三・編著　吹毛剣 楊令伝読本
北川歩実　金のゆりかご
北川歩実　もう一人の私
北川歩実　硝子のドレス
北村　薫　元気でいてよ、R2-D2。
北森　鴻　メイン・ディッシュ

北森　鴻　孔雀狂想曲
城戸真亜子　ほんわか介護
木村元彦　誇り ドラガン・ストイコビッチの軌跡
木村元彦　悪者見参
木村元彦　オシムの言葉
木村元彦　蹴る群れ
京極夏彦　どすこい。
京極夏彦　南極。
京極夏彦　文庫版 虚言少年
桐野夏生　リアルワールド
桐野夏生　I'm sorry, mama.
桐野夏生　IN
草薙　渉　草小路弥生子の西遊記
草薙　渉　第8の予言
工藤直子　象のブランコ ―とうちゃんと
邦光史郎　坂本龍馬

S 集英社文庫

イノセントブルー 記憶《きおく》の旅人《たびびと》

2015年1月25日 第1刷　　定価はカバーに表示してあります。

著　者　神永《かみなが》 学《まなぶ》

発行者　加藤　潤

発行所　株式会社 集英社

東京都千代田区一ツ橋2-5-10　〒101-8050

電話　【編集部】03-3230-6095

【読者係】03-3230-6080

【販売部】03-3230-6393(書店専用)

印　刷　凸版印刷株式会社

製　本　凸版印刷株式会社

フォーマットデザイン　アリヤマデザインストア　　マークデザイン　居山浩二

ISBN978-4-08-745269-3 C0193